KB105201

숭산에 돌아와 짓다 歸嵩山作

황폐한 성은 옛 나루터에 닿아 있고
떨어지는 해는 가을 산에 가득하다
멀고도 늦구나, 숭산 기슭
돌아왔노니, 잠시 문 잠그리라

荒城臨古渡, 落日滿秋山.
迢遞嵩高下, 歸來且閉關.

少林寺 4

금강金剛 新무협소설

초판 1쇄 찍은 날 § 2005년 7월 25일
초판 1쇄 펴낸 날 § 2005년 8월 5일

지은이 § 금강
펴낸이 § 서경석

편집장 § 문혜영
편집 § 장상수 · 서지현 · 최하나

펴낸곳 § 도서출판 청어람
등록번호 § 제1081-1-89호
등록일자 § 1999. 5. 31
어람번호 § 제2-0655호

주소 § 경기도 부천시 원미구 심곡1동 350-1 남성B/D 3F (우) 420-011
전화 § 032-656-4452 팩스 § 032-656-4453
http://www.chungeoram.com
E-mail § eoram99@chollian.net

ⓒ 금강, 2004

ISBN 89-5831-641-1 04810
ISBN 89-5831-251-3 (SET)

※ 파본은 본사나 구입하신 서점에서 교환하여 드립니다.
※ 저자와 협의하여 인지를 붙이지 않습니다.

소림사

少林寺

금강金剛 新무협소설

Oriental Fantasy

4

 목차

第一章
오 년 후

첫째 마당

졸졸졸……

겨우내 얼어붙었던 시내가 녹으면서 기분 좋은 소리를 흘려낸다.

어디선가 새 울음소리가 들려온다. 하늘은 푸르고 햇살은 따스했다.

이런 날은 역시 나른한 오후의 햇살을 받으면서 낮잠을 자는 게 최고였다.

햇살이 민머리에 닿자 조금쯤은 뜨거운 것도 같다.

하지만 그 정도로 이 졸음을 쫓을 수는 없었다.

이 달콤한 졸음을 무엇과도 바꿀 수가 없기 때문이다.

파르라니 깎은 머리.

아직 계인(戒印)을 찍지 않은 그 머리는 비록 승포를 걸쳤지만 비구계를 받지 않았음을 의미한다. 그것을 말하듯 널찍한 바위 위에 누워 햇살을 즐기는 그의 나이는 채 스물이 되어 보이지 않았다.

팔랑팔랑 그의 머리 위로 나비 한 마리가 날아갔다.

팡, 팡……!

멀지 않은 곳에서 도끼질하는 소리가 들려왔다.

지변이란 놈이 대신 나무를 하고 있는 소리이리라.

그런데 문득 깍지 낀 손으로 팔베개를 하고 눈을 감았던 그가 코를 쫑긋거리더니 눈을 떴다.

"이거 봐라?"

청년이라 하기에는 조금 어려 보이는 그가 가늘게 눈을 뜨고 두어 번 더 코를 쫑긋거리며 고민을 하는 듯했다.

하나, 그 고민은 오래가지 않았다.

"먹고 죽은 귀신은 때깔도 곱지……."

그는 입이 째져라 하품을 하더니 일어나 앉았다, 싶은 순간에 어깨를 움찔하는 탄력으로 이내 몸을 일으켰고 바닥을 슬쩍 차는 것과 함께 그 자리에서 사라졌다.

놀라운 신법이었다.

지글지글…….

토끼 한 마리가 구수한 향기를 피워내고 있었다.

그 토끼에 향적주에서 가져온 소금을 뿌리면서 지상은 행복했다. 그 개차반 같은 사숙 때문에 고생을 하긴 했지만 고기 맛을 안 다음부터는 몰래 양념을 가져다 이렇게 고기를 구워 먹는 것이 낙이었다.

고기를 굽는 실력은 나날이 늘어났다.

당연히 맛도 더욱 좋아졌다.

그러니 하루가 멀다 하고 밖으로 나돌아다녔고, 맛난 고기를 잡기 위해서 소림쌍죽저를 열심히 수련하였을 뿐 아니라, 또 하나의 숨겨진 비기인 소림고호람(少林拷虎籃)까지 구사할 수가 있게 되어 토끼 정도를 잡는 것은 일도 아니었다.

하지만 지상은 불안 초조한 빛으로 주위를 힐끔거리고 있었다.

만약 걸리면 소림사의 엄격한 규율에 걸려 잘해야 치도곤일 것이고 그렇지 않으면 참회동(懺悔洞)으로 가서 몇 년을 썩어야 하고 재수없으면 파문을 당할지도 몰랐다.

작년에 비구계를 받았으니 그렇게 되면 인생 종치는 게다.

"시펄, 어떤 놈은 만날 귀서 처먹어도 잘만 빤질거리는데 나만 이렇게 속을 졸이면서 이 짓을 해야 하냐?"

문득 자신도 모르게 욕설이 흘러나온다.

하도 당하다 보니 부지중에 흘러나오는 욕이었다.

그때였다.

"아미타불, 육식을 위해 살생을 한 데다가 입에 담지 못할 욕까지라? 그러고도 네가 소림사의 제자로 살아남기를 바라느냐?"

날아드는 준엄한 꾸짖음.

"헉?"

그 말에 지상은 가슴이 철렁했다.

황급히 후들거리는 다리를 버티면서 주위를 돌아보니, 언제 나타난 것인지 뒤쪽에 우뚝 솟은 바위 위에 좀 전에 사라진 청년승이 걸터앉아 있는 것이 아닌가.

"이, 일명 사숙……."

지상은 그를 발견하자 가슴을 쓸어 내렸다.

일명.

어린아이였던 일명은 이제 청년의 모습을 갖추고 있었다. 훤칠한 키에다 딱 벌어진 어깨까지, 하지만 그 얼굴에 서린 묘한 장난기만은 아직도 남아 있는 듯 보이기도 했다.

그러나 말 그대로 깎은 밤처럼 번듯한 얼굴로 커 있었다.

"난 또, 간 떨어질 뻔했잖아요! 아구, 놀래라!"

"놀래라? 하긴, 어떤 놈은 만날 귀서 처먹어도 잘만 뺀질거리지?"

일명은 코웃음을 쳤다.

"거~ 럼요, 제가 늘 그렇죠. 에헤헤헤…… 앗!"

어색하게 웃으며 얼버무리던 지상은 비명을 질렀다.

손에 쥐고 있던 나뭇가지를 지상의 머리에다 팅겨낸 일명은 가볍게 혀를 찼다.

"계지원의 일묘 사형이 널 좀 봤으면 하더라, 대계 사숙이 널 아주 이뻐할 거라고……."

"으윽? 이, 일명 사숙! 사, 살려주세요! 대계 사조께 걸리면 전 죽어요! 제발!"

얼마나 당황했는지 지상의 얼굴이 파랗게 질렸다.

"글쎄?"

"이, 이거 드셔보세요! 이 토끼 죽입니다! 이번에 새로 개발한 방법으로 구운 거라서 지난번 거하고는 차원이 달라요. 정말예요!"

지상이 황급히 말했다.

노릇하게 구워진 토끼 아래의 불은 이미 재만 남아 있었다. 위에 발갛게 불빛만 남아 구우면서도 그냥 구운 게 아니라 화력을 조절한 것을 충분히 알아볼 수가 있었다.

"음, 하지만 출가인이 고기를 먹기는 좀 그렇잖아?"

'어이구, 저 뻔뻔시러븐 놈!'

지상은 속으로 욕을 하면서도 억지로 웃어 보였다.

"사숙의 그 수행정진을 소질도 잘 알죠! 하지만 이건 제가 잡은 거니 사숙께서 드셔도 아무 문제가 없습니다. 원래, 부처님께서도 몸이 약한 승려는 자신이 죽인 것이 아닌 고기는 먹어도 좋다고 하셨잖아요? 그럼요……."

"음, 그래도 될까?"

"그럼요!"

하이구우, 살았다……. 지상은 속으로 한숨을 내쉬었다.

"거참, 그래도 될라나 몰라? 하긴 내가 몸이 좀 약하긴 하지."

일명은 짐짓 어색한 표정으로 슬그머니 아래로 내려왔다.

절로 입에서 군침이 돌아 목젖이 꼴깍거렸다.

그런데, 지상이 지글지글 기름을 흘리는 토끼—기름까지 빼려고 한 건지 연잎까지 붙였다—를 꿴 나뭇가지를 들어올리는 순간이었다.

탁!

무엇인가가 지상의 손을 치는 것이 아닌가.

그 바람에 토끼는 난데없이 하늘로 날아올랐다.

"뭐, 뭐야?"

지상은 깜짝 놀라 부르짖었다.

짚신 한 짝이 날아들어 그 손을 친 것도 모자라 튕겨진 토끼를 향해 빙글 돌아가더니 그걸 툭, 치면서 빠르게 멀어지고 있었던 것이다. 그냥 멀어지는 것이 아니었다. 짚신이 토끼를 끌고 날아가고 있었다.

"이런, 또야?"

일명의 얼굴이 일그러졌다.

지상이 토끼를 굽는 곳은 작은 여울을 낀 곳이었다. 앞쪽으로는 커다란 바위가 있고 뒤로는 숲, 그리고는 여기저기 커다란 바위들이 솟아 있어서 사람들의 눈을 피할 수 있는 곳이다.

토끼는 그 여울 건너로 날아가는 중이었다.

"이번엔 그렇게 못하지!"

일명은 땅을 박차고 날았다.

일명이 있던 바위에서 토끼가 여울을 넘어가는 곳까지는 벌써 사 장은 족히 되었다. 그런데 일명이 훌쩍 몸을 날리자 그 거리는 이내 지척이 되어버렸다.

일명이 손을 내밀어 토끼를 잡는 순간에 피웃! 시커먼 물체 하나가 날아들어 일명의 손을 치려 했다.

"젠장! 먹는 음식에다 만날 이 구린 신발이람?"

일명은 투덜대면서 손을 뒤집어 날아든 또 하나의 신발을 향해 일장을 쏟아냈다.

퍽!

신발이 그 일장에 튕겨났다.

"아이고, 냄새야!"

일명은 일장을 맞은 신발이 뿜어내는 독기(?)에 코가 떨어져 나가는 것 같았다. 지변의 짚신보다 이건 훨씬 더했다. 하긴 벌써 오 년이나 보는 짚신이니 그게 헤어져 없어지지 않고 아직 남아 있는 게 용했다.

그사이에 토끼는 이미 여울을 건너 버렸다.

스팟—

일명의 신형이 놀라운 속도로 여울을 건너 토끼를 잡아갔다.

'그새 더 빨라졌군!'

지상은 입을 딱 벌렸다.

몇 년 전, 소림사에 한바탕 소동이 벌어진 다음, 일명이 무공을 배우기 시작한 것은 알았다. 그런데 수련하는 걸 한 번도 본 적이 없는데 어떻게 저처럼 볼 때마다 달라지는 것인지 믿기 힘들었다.

일명이 여울을 건너 토끼를 잡아채는 순간에 짚신이 꿈틀, 하더니 공중으로 불끈 솟구쳐 올라 손을 피해 버렸다.

보니 나무 그루터기에 앉은 광승이 발을 까닥거리고 있었다. 놀랍게도 그 까닥거리는 발짓에 따라 짚신이 날고 있는 것이다.

허탕을 친 일명은 진기가 불순해져서 바닥으로 내려설 수밖에 없었다.

"흥!"

일명은 코웃음을 치면서 손을 뻗었다.

그러자 놀랍게도 강력한 흡입력이 생기면서 이미 광승의 앞으로 날아간 토끼를 잡아채는 것이 아닌가!

"컥?"

광승이 놀라 눈을 부릅떴다.

"하하하…… 오늘은!"

일명이 웃으며 자신의 앞으로 날아온 토끼를 잡았다.

순간, 쏴아악!

기괴한 힘의 줄기가 느껴지더니 날아들던 토끼가 무서운 속도로 광승에게로 날아가 버렸다.

"안 돼!"

일명이 몸을 날렸다.

"크아압!"

광승도 몸을 날렸다.

그리고는 놀랍게도 입을 쩍 벌리더니, 대접인신공을 펼쳐서 날아든 토끼를 덥석 받아 물었다.

퍽퍽퍽—

기괴무쌍한 소리와 함께 토끼를 문 광승의 입이 머리채 흔들거리면서 무서운 속도로 토끼를 먹어들기 시작했다.

"마, 말도 안 돼!"

일명은 이를 악물고는 손을 내밀었다.

근자에 훔쳐 배운 십이금룡수(十二擒龍手) 중의 하나를 펼쳐 마침내 토끼를 잡는 데 성공했다.

그러나 워낙 광승이 우악스럽게 토끼를 물어뜯고 있어서 결국 익은 토끼는 처참하게도 두 쪽이 나고 말았다.

도저히 두 사람의 힘을 견딜 상태가 아니었던 것이다.

"에계?"

일명은 입을 벌렸다.

광승이 한 손으로 토끼를 잡고 또 입으로 토끼를 먹어들고 있어서 잡아챈 것이 겨우 귀퉁이 한쪽밖에 되지 않았던 것이다. 토끼의 오분의 일이나 될까?

그때였다.

아구아구, 토끼를 입으로 처넣고 있던 광승이 일명을 보고 피식, 웃었다.

"그거 먹을 게냐?"

"물론이죠!"

일명은 손에 들고 있던 조각난 토끼를 입에다 털어 넣었다.

"설마 그쪽이 내 짚신이 닿았던 곳임을 잊어버린 건 아니겠지? 알고 먹는 거지?"

"컥!"

일명은 막 물어뜯으려던 입을, 격렬한 충격을 주면서까지 뒤로 후퇴시켰다. 그래서 아슬아슬하게 그 토끼 고기를 물지 않을 수가 있었다.

그 순간, 손이 진동하더니 토끼 고기가 일명의 손을 벗어나 광승의 손으로 들어갔다.

픽픽, 쩝쩝쩝…….

광승은 단숨에 그 토끼 고기까지 해치워 버렸다.

일명의 얼굴이 일그러졌다.

"해도해도 너무하지…… 어떻게 한 번도 그냥 넘어가는 법이 없는……."

"크하핫핫핫핫……! 이 부처님이 지옥에 들어가지 않으면 누가 들어가리? 너처럼 어린놈이 파계를 하게 됨은 죄업(罪業)이 되니, 어찌 내가 대신 죄를 받지 않으리?"

그는 기름기가 묻은 손가락을 쭉쭉 빨더니 다른 손에 쥐고 있던 먹다 남은 토끼를 마저 입에다 털어 넣으려고 했다.

"그렇게는 못하지!"

일명은 소리치면서 그를 덮쳐 갔다.

"크하하핫……."

커다란 웃음소리, 광승은 어깨를 움찔하는 순간에 벌써 삼 장을 물러나 토끼를 물어뜯었다.

정말 빨랐다.

"흥!"

하지만 일명도 지지 않았다.

일명은 이미 그것을 짐작하고 있었던 것이다. 한두 번 당해본 일이라야지…… 저 놀라운 경공을 쫓아가기 위해서 몇 날 며칠을 머리를 싸매고 경공을 연구하고 장경각을 들락거렸었다.

승포가 펄럭이는 가운데 일명은 광승의 뒤를 쫓기 시작했다.

그들의 신형은 정말 눈 깜짝할 사이에 지상의 시야에서 사라져 버렸다.

"정말 대단하군……"

그 경공을 보면서 지상은 한숨을 뿜어냈다.

이미 여울을 넘어가면서 바위들에 가리워 무슨 일이 일어났는지 제대로 알아볼 수가 없긴 했다.

그러나 번쩍번쩍 신형이 번뜩이더니 그들이 쫓고 쫓기면서 그 자리를 벗어나는 것은 볼 수가 있었던 것이다.

"제기랄. 오늘도 헛수고만 하다 마네……"

지상은 침만 삼켰다.

지금 돌아가면 보나마나 어딜 갔다 왔느냐고 죽도록 혼날 것이었다. 그나마 고기라도 먹었다면 고기 힘으로라도 버틸 건데…….

억울했다.

경공(輕功)이란 몸을 가볍게 하는 무공을 이른다.

한 모금의 진기를 머금어 그 진기를 운용함에 따라 사람의 몸은 바람에 날리는 낙엽처럼 가볍게 변하고, 때론 신뢰(迅雷)처럼 빠르게 허공을 가르게도 한다.

소림사의 경공은 세상에 그리 알려지지 않았다.

세상에 널리 알려진 금강부동(金剛不動)의 신공이나, 연대좌불(蓮臺坐佛) 등의 경공은 말만 경공이지, 실제로는 세상에 알려진 것과 같은 달리기 위한 경공이라고 하기 어려웠다.

광승은 그런 소림에서 경공에 있어서는 소림제일이라 하였다.

일명은 아무리 노력해도 광승을 잡을 수가 없었다.

너무 빨랐다.

"젠장!"

일명은 발을 굴렀다.

이미 광승의 모습은 시야에서 사라진 다음이었다.

광승을 따라다니면서 그의 경공을 흉내 내어 보고 장경각을 드나들면서 경공비법을 쫓아다녔지만, 여전히 그를 따라잡을 수가 없었다. 그를 일러 경공에 있어 소림제일이라 하는 것은 결코 공연한 것이 아니었다.

"오늘은 기필코, 축지신행을 배우고야 말겠어!"

일명은 이를 악물었다.

축지신행(縮地神行)!

땅을 줄이고, 귀신같이 움직인다는 소림칠십이종 절에 중 하나.

천하를 구름처럼 떠돌아야 하는 수행승에게 필요하여 만들어낸 절학이라고 하였다. 달마역근경에서 그 근간(根幹)을 깨달아 소림의 조사 중 한 사람이 만들어낸 불문의 절학이었다.

그것이라면 광승을 따라갈 수가 있을 것 같았다.

'아무리 그래도 그렇지, 소림사에서 저 인간 하나를 못 잡는다는 게 말이나 되나?'

일명은 고개를 갸우뚱했다.

아무리 빨라도 소림사에서 술, 고기를 내놓고 하는 파계승을 그대로 둔다는 것은 이해하기 어려웠다.

본산제자들의 계율은 엄하기 이를 데 없어 상상하기도 어려운 일이기 때문이다. 단순히 그가 빠르다는 것만으로, 그를 잡을 수가 없어서 내버려 둔다는 것은 전혀 소림사답지 않은 일이었다.

'무슨 까닭인지 반드시 알아내 주지!'

내심 늘 했던 다짐을 또 하면서 일명은 주위를 돌아보았다.

"제길, 땀만 빼고…… 어디까지 온 거야?"

탑림을 지나 소실산중에 들어와 있었다.

삼림(森林) 너머로 전각 하나의 모습이 보였다.

눈에 익은 이조암(二祖庵)이었다.

소림개조인 달마의 법을 이은 선종의 이조인 혜가.

그가 팔을 자른, 단비(斷臂)를 한 다음에 요양한 곳이 바로 이 이조암이다. 그렇기에 이 이조암은 따로 양비전(養臂殿)이라고도 불린다. 소실산 발우봉(鉢盂峰)에 자리한 이조암은 아무래도 소림사에서 떨어져 있어서 한적했다.

"벌써 십 리나 달려온 거야?"

일명은 자신이 달려온 곳을 바라보았다.

까마득했다.

예전이라면 이렇듯 단숨에 올 수 있는 거리가 아니었다.

"음?"

문득 일명은 눈을 빛냈다.

한 사람이 이조암의 앞에서 서성이고 있는 것을 발견했던 것이다.

승복을 입었다.

그런데, 긴 머리카락이 선명하게도 눈에 들어왔다. 여자라는 소리다.

'승복을 입고 머리를 자르지 않았다?'

일명의 눈에 호기심이 떠올랐다.

비구뿐만 아니라, 비구니가 되면 무조건 머리를 잘라야 한다.

속세와의 단절을 뜻하기 때문이다.

그런데 승복을 입고 머리는 길렀다?

게다가 이조암을 기웃거리는 모습이 아무래도 수상했다. 소림사의 승려라면 저럴 리가 없기 때문이다.

"아미타불!"

느닷없이 들려온 불호 소리에 승포의 여인이 깜짝 놀라 뒤를 돌아보았다.

'예쁘군!'

일명은 눈을 크게 떴다.

정말 예뻤다.

아무런 장식도 하지 않고 그저 머리를 묶기만 했다.

그럼에도 그녀의 모습은 아름답기 그지없었다. 커다란 눈망울과 오뚝한 콧날, 도톰하고도 붉은 입술. 흰 피부 등이 어울려 맑은 기품이 느껴졌다. 회색의 승복을 입었음에도 오히려 그것이 그녀를 돋보이게 할 정도로.

나이는 십칠팔 세? 일명과 비슷해 보였다.

"소림사의 사미이신가요?"

놀란 표정이었던 그녀가 물었다.

그녀의 물음에 일명은 정신을 차리고는 고개를 끄덕였다.

"맞습니다. 여시주…… 께선 뉘신지? 이곳은 외인이 함부로 드나들어서는 안 되는 곳입니다만."

여시주라고 하고 보니 괴이하게 말끝을 흐렸다.

"그, 그런가요? 죄송해요. 저는 아미산에서 왔는데, 길을 잃어서 그만……."

그녀가 얼굴을 붉히면서 어쩔 줄을 몰라 했다.

"아미산? 아미파 도우(道友)이신가요?"

"맞아요!"

그녀가 급히 고개를 끄덕였다.

'아미파의 여승이라고?'

일명은 그녀를 다시금 훑어보았다.

아미파라면 그녀의 특이한 모습이 이해될 듯도 했던 까닭이다.

둘째 마당

"그러니까, 주위를 구경하다가 일행이랑 헤어졌다는 건가요?"

일명은 어이없는 듯 그녀를 바라보았다.

"맞아요!"

그녀가 냉큼 고개를 끄덕였다.

어색한 듯 활짝 웃는 얼굴.

'무쟈게 예쁘군!'

그 얼굴을 본 일명은 가슴이 울렁거렸다. 종일 보던 까까머리들과는 차원이 다른 얼굴이 아닌가. 같은 사람의 얼굴인데 어떻게 저처럼 다르단 말인가?

저 냄새는 또 어떠한가?

역시 중이 되는 게 아니었어…….

그녀를 바라보면서 일명이 내심 탄식까지 하자, 심상치 않은 일명의 기색에 승복의 그녀는 당황한 빛이 되었다.

"왜요? 제 얼굴에 뭐라도 묻었나요?"

"아미타불, 그럴 리가! 워낙 고우셔서 잠시 실례를……."

일명은 천연덕스럽게 그녀에게 한 손을 가슴에 세워 반장(半掌)의 예를 하면서 가볍게 고개를 숙였다.

말은 황당한데 태도는 깍듯하니, 그녀의 얼굴에는 당황한 빛이 역력했다. 어떻게 해야 좋을지 모르겠다는 표정이었다.

그런데.

"하, 하긴 제가 예쁘다는 소리를 자주 듣긴 하죠……."

이어지는 그녀의 말에 이번에는 일명이 멀뚱해졌다.

"……."

눈을 깜박이며 그녀를 보자 그녀도 그에게 합장을 해 보였다.

처음 본 것과는 달리 맹랑했다.

"활발한 성품이군요. 하하…… 속세에서 만났다면 우리 둘은 좋은 친구가 되었을 것 같습니다."

반격을 당한 꼴이 된 일명이 웃으며 말을 꺼냈다.

그런데,

"같은 불가의 제자. 친구가 됨이 뭐가 어렵겠습니까? 도반(道伴:같이 도를 수행할 친구)이 된다 함은 오히려 좋은 일이지요. 친구 하시겠어요?"

그렇게 빤히 쳐다보는 바람에 일명은 멍청해지고 말았다.

'햐, 보통이 아니네?'

마음을 다잡은 일명은 은근슬쩍 돌렸다.

"그럼, 그렇게 해볼까요? 하하, 꿈을 잘 꿨나? 이렇게 아름다운 친구

가 생기다니……. 그런데 일행들은 어디로 가셨는지 혹 짐작이라도?'

"글쎄요? 같이 소림사로 가던 길이었으니 소림사에 가 있지 않을까요?"

이어진 그녀의 당연하다는 듯한 대답에 일명은 다시 멀뚱해졌다.

무슨 남의 말을 하는 것도 아니고……

'정말 아미파의 제자가 맞긴 한 거야?'

아미파는 소림사와는 달리 여승들이 많은 곳이다.

그렇기에 비구니가 장문이 되기도 한다. 하지만 불도를 닦는 곳인데, 채 머리도 자르지 않은 예비 사미니가 저렇듯 자유분방하다니?

"친구가 된 판에 아직 서로 이름도 모르는군요? 난 일명이라고 하는데, 법명이 어찌 되는지? 아미파라면 먼 곳인데…… 누구와 같이 오셨는지?"

일명은 탐색하듯 그녀를 보았다.

"제 법명은 정혜(淨慧)라고 해요. 아미 복호 신니의 문하에 있죠!"

거침없는 말투에 은근히 자랑스러운 빛이 반짝거린다.

"복호 신니라면…… 아미 보덕 장문인의 사자(師姉)이신 그분?"

"맞아요! 역시 아는군요?"

그녀, 정혜가 눈을 반짝였다.

아미파의 복호 신니라면 일명이 알 만큼 유명한 사람이었다.

여승으로서는 유일하게 장문인에 올랐다가 스스로 그 자리를 버린 사람. 여자의 몸으로 절세의 무공을 가졌으면서도 아미산에 숨어 세상에 모습을 드러내지 않는 세외고인이라는 건 일명도 들은 적이 있었다.

일명과 정혜는 자못 친숙한 사람처럼 어깨를 나란히 걷고 있었다.

원래 입담이 좋은 일명인데다 처음 보던 것과는 달리 정혜 또한 낯을 가리지 않고 종알종알 말을 아주 잘하는 활달한 성격이라 둘은 정말 친구처럼 연신 말을 주고받는 중이었다.

소림사를 향해 가면서.

"그럼, 복호 신니를 따라서?"

"맞아요! 사부님과 같이 왔죠!"

정혜가 냉큼 고개를 끄덕였다.

"그분께선 은거하여 세상에 나오지 않는다고 하던데, 무슨 일이라도 있는 건가요?"

일명의 말에 정혜의 얼굴에 뜨악한 표정이 떠올랐다.

"아니, 소림사에 있는 사람이 그것도 몰라요?"

일명을 아래위로 훑어 내리는 모습이 묘하게 변했다.

너 소림사에 있는 놈 맞아?

하는 표정.

바깥 세상에 뭔 일이 있건 나랑 무슨 상관이냐? 라고 하고 싶지만 차마 그럴 순 없지 않은가.

"하하, 폐관에 들었다가 어제 출관한 사람이 요즘 소림사에 무슨 일이 있는지 안다면 그게 더 이상한 일이죠!"

'폐관?'

둘러치는 일명의 말에 정혜의 눈이 동그래졌다.

폐관수련이라고 하는 것은 일개 사미가 할 일이 아니다. 아무리 봐도 자신보다 나이가 별로 많아 보이지 않는다.

동갑?

그런 나이로 폐관에 들어 지금 나왔다면 어릴 때 폐관에 들었다는 건데, 그렇다면 소림사에서의 신분이 간단치 않다는 의미라는 걸 같은 불문에서 수련하고 있는 그녀이기에 알 수가 있었던 것이다.

"폐관이라면…… 누구 문하……."

"아하하, 사문의 허락 없이는 말할 수가 없게 되어 있으니 양해하세요. 달마조사의 비전을 수습하고자 폐관했던 거라 함부로 말할 수가 없게 되어 있지요."

말을 못한다고 했지만 실제로는 엉뚱한 말까지 다했다.

그녀의 눈이 더욱 동그래졌다.

"달마조사님의 비전이요?"

소림사의 칠십이종절기는 세상에 유명하다.

그리고 그 절기들은 일대제자가 되기 전에는 전수받기 어려운 게 사실이었다. 자질이 뛰어난 자라고 해봐야 한두 가지를 전수받으면서 세월이 흐르는 것이 세상에 알려진 바였다.

그런데 따로 비전을 전수받기 위해서 폐관까지라면?

되는대로 주워섬기다 보니 말이 너무 앞서 간 것 같다는 느낌에 일명은 얼른 말을 돌렸다.

"이런, 안 할 말을! 음…… 그런데, 무슨 일이 생겼기에 복호 신니께서 머나먼 소림사에까지 직접 오신 건가요?"

얼버무린 일명의 말에 그녀는 미간을 살짝 찡그렸다.

"잘은 모르지만, 얼마 전부터 무림에 이상한 일들이 많이 일어나고 있다고 해요. 그래서 각 문파의 수장(首長)들이 소림사에 모여 의논을 하기로 했다더군요. 해서 사부님도 여기 오신 거고……."

"이상한 일?"

"그래요, 천하 각지에서 사람들이 계속 죽거나 실종된다나 봐요."

"실종?"

"뭔지는 모르지만 마교대법과 연관이 되었다고도 하고…… 자세한 건 잘 모르겠군요."

'또 뭔 일이 일어난 건가?'

잠시 생각을 굴렸지만 그건 정말 말 그대로 찰나. 일명은 원래부터 그런 데에는 아예 관심이 없었다.

그런데 그때,

"아미타불! 대체 어디를 갔었던 게냐!"

꾸짖음 소리가 들려왔다.

그들의 앞으로 한 사람이 옷자락을 펄럭이면서 나타났다.

승포의 그는 남자가 아니라 여승이었다. 마흔 정도 되어 보이는 그 얼굴은 원래는 자애해 보였지만 지금은 굳어 있었다.

"사자(師姉)!"

그 여승을 본 그녀가 반색을 했다.

"어떻게 된 것이냐? 사방으로 너를 찾으러 돌아다니게 만들다니!"

그 여승이 정혜라 불린 그녀를 꾸짖었다.

"죄송해요, 경치에 팔려서 잠시 한눈을 팔았더니……."

"그게 말이나 된다고 생각하느냐? 넌……!"

여승은 말을 삼켰다.

일명이 보고 있었기 때문이다.

"가서 이야기하기로 하자. 소림사의 사미이신가?"

"일명이라고 합니다."

"난 아미의 정수(淨修)라오. 어린 사매가 길을 잃어 폐를 끼쳤구려. 사람들이 흩어져 사매를 찾고 있으니 돌아가 봐야겠소. 아미타불······."

"제가 안내를 해드리지 않아도 되겠습니까?"

"소림에는 몇 번 와봤다오. 그리고 이미 일행이 지객당에 들어 계시니 괜찮아요."

"알겠습니다. 그럼······."

일명은 그녀에게 한 손을 가슴에 세워 보였다.

"어서 가자."

정수가 그녀를 다그치자 정혜는 일명을 슬쩍 바라보고는 그녀의 뒤를 따라 몸을 날렸다.

저 멀리 소림사의 모습이 은은히 보였다.

'복호 신니의 제자란 이야기지? 망할, 나보다 배분이 높잖아!'

그녀들이 사라짐을 본 일명은 내심 혀를 찼다.

굳이 따져 보면 그녀들은 소림의 대자 배열과 동급이니, 한 배분 아래인 일명은 김이 샜다.

"망할! 그때 끝까지 우겼어야 했는데······."

아무리 생각해도 그때 대(大)자배를 받았어야 했다.

하지만 세상만사, 후일 일을 누가 짐작이라도 할 것인가.

"어라? 저건 또 뭐야?"

일명은 소림사의 지객당 앞에 버티고 있는 군사들을 보고 의아한 표정이 되었다.

소림사는 나라에서 봉록(俸祿)을 받는 곳이다.

옛날 열세 명의 소림승이 당태종 이세민을 구했을 때부터 시작된 그 지위는 지금에 이르러서도 전혀 변하지 않았다. 오백의 승병(僧兵)을 양성할 수 있는 권한까지 받은 곳이 소림이었다. 하지만 그렇다고 해서 소림사에 군사가 상주하는 것은 아니었다. 더더구나 군사가 아닌 위사(衛士)라면…….

'어떤 높은 놈이라도 온 건가?'

호기심이 동해 지객당을 기웃거릴 참인데, 누군가가 일명의 덜미를 잡아당겼다.

지객당의 일경이었다.

"왜 그래?"

일명은 자신을 잡아끄는 일경을 보았다.

"이놈이 사형에게 말버릇 하고는! 빨리 안으로 들어가라. 기별이 있기 전까지는 당분간 경내 출입을 금한다는 명이 있었다."

"누구? 나?"

일명은 의아한 얼굴이 되어 되물었다.

"그럼 너 아니면 내가 미쳤다고 여기서 널 기다렸겠느냐?"

"날…… 기다린 거라고?"

일명은 눈만 깜박거렸다.

이게 무슨 소리지? 일경이 왜 자신을 여기서 기다린단 말인가? 게다가 경내 출입을 금하다니?

"당주님께서 나를 따로 불러 널 기다리게 하셨다. 당분간 경내에서 네 모습이 보이지 않게 하라고. 지금 지객당에 누가 와 있는지 아느냐? 화경 공주님이 와 계시다!"

"화경 공주?"

"그래. 지난번의 치성으로 인해 공주께서 아들을 낳았단다. 해서 그 왕자님의 발복(發福)을 비는 축원을 하러 오셨단 말이다. 그런데……."

일경은 미간을 찡그렸다.

"문제는 지난번 사단이 있었던 군주마마도 같이 오셨다는 게다."

'그 계집애가?'

일명의 눈이 커졌다.

"만에 하나라도 널 찾는다면, 잘못해서 네가 그 눈에 띄기라도 하면 골치 아픈 일이 생길지도 몰라!"

그때 낭랑한 웃음소리가 안에서 들려왔다.

동시에 삼엄하게 번을 서고 있던 위사들의 움직임이 보였다.

누군가가 공주가 묵고 있다는 지객당 객사에서 나오고 있는 것 같았다.

"빨리 가! 눈에 띄기 전에."

일경이 다급히 일명의 등을 떠밀었다.

"나참, 내가 뭔 죄를 진 게 있다구……."

일명은 투덜거리면서 그 자리에서 밀려났다.

第二章
모여든 구대문파

첫째 마당

"정수입니다."

"들어오너라."

안에서 들려오는 소리에 정수 사태는 정혜에게 눈짓을 했다.

어디나 마찬가지이지만, 소림사라고 해서 선방(禪房)이 크지는 않았다. 문을 열고 들어서자 탁자 하나가 놓인 선방 안쪽에는 침상이 있었고, 그 침상 위에는 차가운 안색의 비구니 한 사람이 책상다리를 한 채로 앉아 있음이 보였다. 나이는 사오십 세가량 되어 보이는데 어딘지모르게 자애롭기보다는 차가운 느낌이 들었다.

"정혜를 찾았습니다. 한눈을 팔다가 잠시 길을 잃었던 모양입니다."

정수 사태의 말에 노니, 복호 신니는 눈을 들어 정수의 뒤에 숨은 듯찌그러져 있는 정혜를 바라보았다.

"사부님, 죄송해요……."

"네 성품이 활달한 것은 좋다. 하지만 네가 출가인이라는 것을 잊어버려서는 아니 된다. 너는 여인이 아니라, 비구니라는 것을! 그것을 잊는다면 넌 평생을 두고 후회할 일과 마주하게 될지도 모른다. 알겠느냐?"

복호 신니의 음성 또한 기품과 별다름이 없었다.

자애하기보다는 엄격함이 그 음성에 묻어 있어 사람을 주눅 들게 하기에 족했다.

"예, 사부님."

정혜는 감히 고개를 들지 못했다.

늘 사부의 앞에만 서면 숨조차 쉬기 어려웠다.

그때였다.

"소림사에서 사부님을 청합니다."

밖에서 낮은 음성이 들려왔다.

"지금 말이냐?"

"예. 지금 밖에서 기다리고 있습니다."

"알았다. 내 곧 나간다 전하거라."

복호 신니는 두 사람을 돌아보았다.

"너희는 그만 나가 보도록 하거라. 이곳은 아미산이 아니라 소림사라는 것을 명심하고."

"예, 사부님."

정혜는 고개를 숙였다. 정수 사태는 그런 정혜를 데리고 뒷걸음질쳐 문을 닫고 사라졌다.

"……."

그 모습을 보고 있던 복호 신니는 암암리에 한숨을 내쉬었다.

"총명이 너의 업장(業障)이로구나. 나무관세음보살……."

그녀의 한숨 소리는 낮고도 낮아 그녀를 제외하고는 아무도 들을 수가 없었다. 그 모습은 뜻밖에도 자애하여 방금까지 그녀의 모습과는 어울리지 않는 것처럼 보이기도 했다.

복호 신니 일행에게 배정된 선방은 지객당이 아니라, 따로 마련된 객사였다. 외원(外院)의 선방이라 외부에서는 보이지 않는 곳이었다.

복호 신니가 방장실의 시자(侍者)를 따라 떠남을 배웅한 정혜는 손으로 가슴을 누르면서 휘유우~ 한숨을 내쉬었다.

"때마침 소림사에서 찾는 바람에 살았네……."

"고얀 녀석 같으니, 뉘우치는 기색은 없고 하는 말이라곤."

"참내, 사자(師姉)도…… 제가 뭔 큰 죄를 졌나요? 잠시 한눈팔다가 길을 잃은 것뿐인데, 뭘 뉘우치고 말고 할 게……."

정혜는 슬그머니 말꼬리를 흐렸다.

정수 사태가 그녀를 노려보았기 때문이다.

자상하지만 엄격한 그녀의 성품을 알기 때문에 지금은 엉길 때가 아님을 모를 그녀가 아닌 것이다.

"어리광은 아미산에서 부리는 것으로 족하다. 여긴 숭산이지, 아미산이 아니다."

"알았어요. 조심할게요. 엄격한 사부님에 사자까지 그러시면 전 숨도 못 쉴 거예요."

정혜가 슬그머니 정수의 팔에 엉겨 붙었다.

"한 번만 봐주세요~"

"이런……."

정수 사태는 난감한 듯 주위를 돌아보면서 혀를 찼다.

아미산 복호암은 여승들이 수도하는 도량(道場)이었다. 하지만 늘 마음을 추슬러야 하고 용맹전진해야 함은 여승이라고 해서 다를 것이 없었다. 그런 엄숙함이 유난히 심한 복호암에서 홀로 발랄한 정혜의 행동은 어릴 때부터 골칫거리이기도 하고 또한 모두에게 청량제가 되기도 했다. 웃을 일이 없는 그 정숙함은 종종 정혜의 활달함으로 깨지곤 했던 것이다.

"사부님도 너만할 때는 아미산이 시끄러울 정도로 활달한 성품이었다고 들었다. 너도 나이가 들면 철이 들겠지."

마침내 정수 사태는 고개를 흔들고 말았다.

"정말요? 사부님이 정말 그랬다구요?"

믿기지 않는 듯 정혜가 눈을 빛냈다.

"나도 들었을 뿐이니 더 묻지 말거라. 이제 안으로 들어가 자숙하고 있도록 해라."

정수 사태가 말을 잘랐다.

소림사에는 놀러 온 것이 아니었다.

'정말 하루 종일 말 한마디 안 하시는 사부님이 나처럼 까불었을까?'

정혜는 연신 고개를 갸웃거리고 있었다.

*   *   *

소림사 후원정사.

돌을 쌓아 만든 담이 시야를 가렸고 다른 곳으로 통하는 월동문에는 경비하는 승려들이 보였다. 물론 그들은 월동문의 옆에 서 있기에 밖에서는 그들의 모습이 보이지 않았다.

하지만 고요히 서 있는 그들은 운기하여 주위를 살피고 있어서 그 누구도 이 부근으로는 접근할 수가 없었다.

그것은 느끼지 못할 삼엄함이 거기 깃들어 있다는 의미.

복호 신니가 당도한 곳은 바로 그 소림사의 후원이다.

비구들의 절인 이 소림사는 전원(前院)을 제외하면 비구니라 할지라도 후원으로는 여자의 출입이 허용되지 않았던 것을 생각한다면 뜻밖의 일이었다.

그 후원정사에 도착한 그녀는 막 월동문으로 들어서고 있는 한 사람을 보게 되었다.

맑은 얼굴.

나이는 들었으되, 자애한 모습의 소림사 방장 심혜 상인이었다.

그녀를 발견한 심혜 상인이 미소 지으며 한 손을 세워 보였다.

"아미타불…… 오랜만이군요."

"……."

복호 신니는 뭐라고 말을 하려 했지만 입이 떨어지지 않았다.

그렇게 오랜 세월을 지냈건만, 가슴이 떨려 감히 입을 열 수가 없었다.

…….

바람이 풀잎을 흔드는 소리.

그 외에는 아무런 소리가 들리지 않았다.

"도우께서 직접 오실 줄은 몰랐구려."

그녀를 보면서 하는 심혜 상인의 말에 복호 신니는 암암리에 한숨을 흘리며 입을 열었다. 그 음성은 매우 딱딱했다.

"너무 오래 아미에만 있었기에 아이들에게 세상을 보여주고자 나왔습니다. 장문사제에게 일도 있고 해서……."

"잘하셨습니다. 중들도 세상을 알아야지요. 자, 먼저 안으로 드시지요. 이미 다른 분들은 기다리고 계신 듯하니……."

심혜 상인이 그녀를 보며 웃었다.

그래, 너무 오랜 세월이 흐르긴 했지…….

그는 모든 것을 잊어버리고 만 것일까.

그럴 수는 없었다.

그가 있는 한, 그가 소림에 있는 한은 잊을래야 잊을 수가 없을 터였다.

역시 오지 말 것을 그랬나…….

인(因)과 연(緣)은 어차피 과보(果報)로 받게 될 터였다.

아직도, 세속의 연을 끊지 못하고 그 정(情)에 연연하고 있었던 것일까?

복호 신니는 다시금 가슴이 저며왔다.

둘째 마당

선방 안은 제법 넓었다.

방 안에는 커다란 팔선탁이 하나 놓여 있었고, 미리 와 있던 네 사람이 심혜 상인과 복호 신니를 발견하고는 몸을 일으켜 그들을 맞았다.

"아미타불…… 손님들을 오시게 하고는 정작 주인이 늦었으니, 예가 아니로군요."

심혜 상인은 한 손을 가슴 앞에 세워 보이며 가볍게 고개를 숙였다.

이 자리에 모인 사람들의 행색은 제각각이다.

말 그대로 승니도속(僧尼道俗), 비구와 비구니, 도사와 속가인. 그 다양한 사람들의 신분은 결코 범상하지 않았다.

무당파의 장문인이 어찌 범상할 것이며 화산파의 장문인 또한 누구도 범상하다 하지 못할 터였다. 종남파의 장문인이 그러했고 청성파의 장로라는 신분 또한 그러하였다. 마지막의 심혜 상인과 같이 들어온 복호 신니는 아미파의 장로이지만 전대 아미파의 장문인이니 누구에게 밀릴 신분이 아니었다.

"별말씀을, 황가의 공주마마께서 갑자기 들이닥치면 누군들 어쩔 수가 있겠습니까?"

화산파의 장문인 일검개화(一劍開花) 육만천(陸滿天)이 탁자에서 일어난 채로 미소를 지었다.

"맞습니다. 다른 분도 아닌 화경 공주라면 방법이 없지요."

무당파의 장문인 일송자(一松子)가 웃음 띤 어조로 말을 받았다.

소림사를 제외한다면 아마도 황실과 가장 가까운 문파는 무당파일 터였다. 실제로 무당파가 절세이립(絶世而立), 무당으로 우뚝 서게 된 것 또한 나라에서 무당산 전체에다 소위 다섯 걸음에 전각 하나요, 열 걸음에 누각 하나라고 하는 팔궁(八宮), 육원(六院), 이십사암(二十四菴), 칠십이관(七十二觀)을 모두 나라에서 건립하다시피 한 다음이니 무리도 아니었다.

"공주께서 무당파에도 자주 가십니까?"

"무량수불, 이미 두어 차례 방문을 받았었지요. 아마 빈도가 와 있음을 아시면 보자고 하실 겁니다."

일송자가 다시 웃었다.

그 웃음을 보고 심혜 상인도 마주 웃었다.

제아무리 천하제일이라는 소림사나 무당파라 할지라도 당금 황제의 친족에게는 어찌할 수 없는 것은 현실이라는 웃음일까. 하긴 황제가 오면 소림사의 방장실을 내어주어야 하는 것은 이미 전통이니까.

"왜 여러분을 오시도록 했는지는 모두 잘 아실 테니까, 굳이 설명드리지 않겠습니다. 원래 구대문파 모두를 초청했었습니다만, 일단 시간 때문에 가까운 거리의 육대문파에서만 참가를 하게 되었습니다. 기본적인 것들이 논의되고 나면 나머지 문파에서도 참가를 하게 될 겁니다."

심혜 상인의 말에 화산 장문인 일검개화 육만천이 입을 열었다.

"소문이 사실입니까? 이렇게 모이기까지 할 정도라면 이미 결정적인 증거를 가지고 계실 것으로 믿고 달려왔습니다만?"

"사실입니다. 제 눈으로도 두 사람의 시신을 보았습니다. 필요하다면 여러분들도 그 시신을 보실 수 있을 것입니다."

"시신이 여기에 있단 말입니까?"

일검개화 육만천이 뜻밖이라는 듯 눈을 치떴다.

"아미타불…… 조사를 위해서 몇 구의 시신을 저희 약왕당에서 보존하고 있는 중입니다. 그중 한 분은, 일권명천(一拳鳴天) 박우, 박 대협입니다."

"박 대협도 당했단 말입니까?"

종남파의 장문인 현도 진인(玄都眞人)이 놀라 되물었다.

일권명천 박우라면 소림사의 속가장로에 해당하는 일류고수였다. 그는 적수공권으로 대강을 횡행하면서 적수를 만나지 못했다는 사람이었다. 그런데…….

"확인된 것만도 수십 명이 넘습니다. 시신을 발견한 것은 매우 운이 좋은 경우이고 대개는 실종이거나 소식이 끊어져 흔적조차 발견하기 어렵습니다."

무당 일송자가 굳은 얼굴로 입을 열었다.

"그렇지 않았다면 무림의 고수들이 그렇게 계속 사라지고 있는데,

소문이 나지 않았을 리가 없었을 것입니다."

"언제부터인지 알고 계십니까?"

복호 신니의 물음에 심혜 상인은 한숨을 내쉬었다.

"명확하게 알지 못합니다. 우리가 알아낸 것이 삼 년가량 되었습니다. 그 뒤로 계속 조사를 해왔고 확신을 가지고 대처를 하기 위해서 여러분들을 초청한 것입니다."

"확신이라면 범인을?"

"아닙니다. 범인에 대해서 알아냈다면 일이 쉽겠지요."

심혜 상인은 종남파 장문인 현도 진인의 물음에 고개를 흔들었다.

"본 파에서도 몇 사람이 피해를 입은 듯하여 조사 중인데, 빈도는 조금 먼저 와서 시신을 보았습니다만…… 심혜 장문인의 말씀대로 평범하게 죽은 것이 아닙니다. 어떤 마공대법(魔功大法)에 의해 전신의 정혈(精血)이 모두 빨리고 그로 인해 죽었습니다. 참혹하지요. 원시천존……."

"설마 채음보양의……?"

일송자의 말에 복호 신니가 말끝을 흐렸다.

"피해자 중에는 여류고수도 있는 걸로 압니다. 그리고 단순히 한두 사람의 짓으로 보기 어려운 것이 상당히 여러 곳에서 이런 일이 벌어지고 있다는 겁니다. 하루 이틀도 아니고 장기간에 걸쳐서, 어쩌면 지금도 누가 당하고 있는지도 모른다는 것이 이 일의 심각함입니다. 예전 겁백의 난과는 다르다는 것이지요."

심혜 상인의 말에 모두의 안색이 굳어졌다.

겁백(劫魄)의 난이란 풍류신녀라는 희대의 마녀가 나타나서 불과 삼 년 사이에 무림고수 백여 명을 자신의 치마폭에서 채음보양의 방법으로 죽인 일대의 사건을 의미한다.

수년간 그녀로 인해서 세상이 시끄러웠고, 천하의 공분을 사 구대문파가 나서서 그녀를 죽이기까지 누구도 그녀를 건드리지 못할 정도로 대단한 사건이었었다.

수백 명의 정혈을 섭취하면서 그녀의 무공은 기고(奇高)하여 누구도 홀로 그녀를 상대할 수가 없을 정도였던……

그런데 그게 문제가 아니라는 의미라면 대체 어떻게 생각을 하여야 한다는 말인가.

"전혀 아무런 짐작도 가지 않으십니까?"

"……"

복호 신니의 질문에 심혜 상인은 무거운 표정으로 입을 닫았다.

그 표정이 어딘지 묘하여 그녀는 재우쳐 물었다.

"혹시 짐작이 가는 곳이 있다는 건가요?"

"현재로서는 의심을 할 곳이 한 군데밖에 없습니다."

심혜 상인이 한마디를 하고는 입을 닫았다.

"그, 그럼 설마 백존회?"

잠시 생각을 굴리던 복호 신니가 신음처럼 되물었다.

"백존!"

"백…… 존회!"

모두의 입에서 듣지 말아야 할 이름을 들은 듯이 신음 소리가 흘러나왔다.

"백존회에서 그런 짓을 한단 말입니까?"

청성파의 장로 우현 진인이 떨리는 음성으로 되물었다.

그는 원래 과묵한 사람으로 이름 높았다.

하지만 그런 그도 입을 열지 않을 수 없는 이름이 바로 백존회였다.

"어찌 그런? 그들은 비록 마도라 하나, 그들 하나하나가 일대의 고수들로 지금까지 그런 짓을 한 번도 한 적이 없는……."

"그때는 백존회를 지배하는 천존이 있었지요."

무당파의 일송자가 무겁게 말을 잘랐다.

"일송 도우께서 조금 일찍 오셔서 빈승과 잠시 이야기를 해보았습니다만, 그럴 만한 곳이라면 역시 그곳뿐이라는 결론을 얻었습니다. 만약 그렇다면 정말 심각하지 않을 수가 없는 일이지요."

심혜 상인은 길게 한숨을 내쉬고는 말을 이었다.

"천존이 없는 지금, 백존회는 지난 몇 년간 패권을 잡기 위해 계속해서 암투를 벌이고 있는 것으로 알려집니다. 그런 와중에서 백존회에서 그런 일을 벌였다면 그 암투가 이젠 극심해졌다는 의미일 것입니다. 누군가가 무엇을 획책하고 있을 정도로."

"그들은 지금 어디 있습니까?"

"백존회의 총단은 누구도 알지 못합니다. 늘 천존은 자신이 있는 곳이 총단이라 하였기에……. 하지만 그가 실종된 지금은 총단이 없다고 보는 것이 맞을 겁니다. 지난번 소림사에서 그들이 일을 벌이고 물러난 이후, 그들의 행적은 강호상에서 사라졌습니다."

"그리고 이 일이 생겼지요. 원시천존……."

심혜 상인의 말을 일송자가 받았다.

"천존이 사라지고, 그 후계를 위한 암투. 그리고는 괴변……? 그게 백존회와 관련이 있다면 무슨 의미인 건지……."

"열쇠는 아마도 귀곡신유가 가지고 있을 듯하여 개방에 부탁을 하여 그의 행적을 쫓고 있는데 오리무중이로군요."

심혜 상인이 문득 정색을 했다.

"본 사의 약왕당에서 검시를 해본 바에 따르면 시신의 정혈을 빨아들인 무공의 이름은 아마도 천마환혼대법(天魔還魂大法)과도 같은 고대의 마공인 듯하다고 합니다."

"천마환혼? 그럼 누군가를 되살리기 위한?"

청성파의 우현 진인이 눈을 크게 떴다.

그는 도사이므로 이런 방면으로는 조예가 있었고, 실제로 청성파 내에서도 그가 이 부분에서는 제일 오랫동안 연구를 한 사람이었다. 모산파(茅山派)나 배교(拜教) 못지않은 곳이 바로 청성파였다.

"아니, 그럴 리가! 천마환혼대법 같은 죽은 자를 되살리는 대법들은 흑암의 정기를 받아들이기 위해서 순결한 피와 원음(元陰)을 필요로 하기 때문에 무림고수보다는 동녀(童女)가 필요할 것입니다. 그런데……."

"얼마 전 개방에서 보내온 소식에 따르면 십칠 세 이하의 처녀들이 원인 모르게 실종되는 일이 여기저기에서 벌어지고 있답니다. 시신이 발견된 적도 없고, 실종된 사람이 어디로 사라졌는지는 누구도 알지 못한다고 합니다."

"그런……!"

우현 진인이 벌린 입을 다물지 못했다.

"서, 설마 정말 죽은 자를 되살리기 위한 거란 말씀입니까? 그런 역천지공을? 누굴 되살리려고 그런 엄청난 일을? 순음지녀를 아무리 못 잡아도 백 명은 넘게 희생해야 할 텐데……."

"천마환혼대법으로 만약 누군가를 살려낸다면, 순음의 동녀 천 명이 필요합니다. 그리고 그들의 순음지기를 북돋우기 위해서 무림고수들의 원정지기가 필요하지요."

무당 일송자가 무거운 얼굴로 답했다.

…….

일순 실내에는 침묵이 찾아들었다.

"설마……."

신음처럼 복호 신니가 중얼거렸다.

차마 말을 할 수가 없었다. 아니, 감히 말을 하기가 어려운 것인지도 몰랐다. 알면서도 확인하고 싶지 않은 사실을 보는 듯이.

"맞습니까? 천존에게 무슨 일이 생겼고, 그 천존을 부활시키기 위해서라 보고 우리를 부른 것이?"

다시 잠시의 시간이 흐른 다음, 복호 신니가 심혜 상인에게 물었다.

"아미타불…… 맞습니다."

심혜 상인이 무거운 얼굴로 고개를 끄덕였다.

"허, 이런!"

"으음, 무량수불! 어찌 그런 일이……."

"설마 했더니 이럴 수가?"

"아직은 무엇 하나 단정하기 어렵습니다. 하나 여러 가지 정황으로 보아, 무엇인가 하지 않으면 안 될 상황이라고 보고 여러분을 모신 겁니다. 각처에서 상황을 점검하고 그 모든 것을 분석해야만 하는 상태가 된 것 같습니다."

"이해할 수가 없군요. 천존이 죽었다면 누군가가 후계자가 되면 될 텐데, 왜 굳이 그런 무리한 일을 하려는 거지요?"

복호 신니가 굳은 얼굴로 좌중을 돌아보았다.

맞는 말이었다.

죽은 사람을 되살리면서까지 충성을 바쳐야 할 이유는 없었다.

천존이 절대강자이기는 했으되, 그가 죽었다면 그의 자리를 노릴 사람은 아주 많았다.

"아미타불, 생각을 해보았는데 이유는 하나 뿐일 듯합니다. 백존회의 암투가 절정에 달해 누구도 천존의 자리에 오를 수가 없는 상태가 되어 누군가가 그것을 제어하기 위해서 죽은 천존을 되살리고자 하는……. 아! 물론 이것은 천존이 죽었다고 가정할 때의 일입니다만."

"그럼 누가 그런 짓을 하는 거지요?"

"지금으로서야……."

심혜 상인이 말끝을 흐렸다.

"귀곡신유라는 건가요?"

복호 신니의 물음에 심혜 상인은 무겁게 머리를 끄덕였다.

"지금으로서는 그에게 가장 큰 혐의가 있는 있는 게 사실이지만, 실제로 그라고 단정하기도 현재로서는 참으로 난감한 일입니다."

일송자가 입을 열었다.

"백존회에는 단순히 마두라고 불리기 어려운 강자들이 아주 많았습니다. 그들은 마도라기보다 패도(覇道)라고 불려야 했을 사람들이니까요. 그래서 상황이 매우 심각한 것이기도 합니다."

그런 상황이 아니었다면 소림사에서 그들을 초청하지도 않았을 터였다.

"나무아미타불……."

심혜 상인은 길게 불호를 외우고는 무거운 음성으로 말을 이었다.

"지금으로서는 모든 가능성을 두고 생각을 해볼 수밖에 없습니다.

좀 더 자세한 것은 조사를 나간 십팔나한이 돌아오면 어느 정도 윤곽을 잡을 수가 있을 것 같습니다."

"십팔나한이 나갔습니까?"

"그렇습니다. 반년 정도 되었고 돌아오는 중입니다."

…….

침묵이 다시 찾아들었다.

소림사.

천하제일이라는 이곳은 늘 이렇듯 고요하고 조용한 듯했다.

그러나 이들은 늘 고요하면서도 조용하지는 않았다. 대체 언제 십팔나한이 소림사를 떠난 것이란 말인가.

헷째 마당

소림사의 산문(山門)을 들어서면 천왕전까지 길게 깔린 석도(石道)를 보게 된다. 그 넓은 석도의 좌우에는 하늘을 가리는 거대한 은행나무들이 심어져 있고, 수많은 석비(石碑)들이 늘어서 있다.

그것이 바로 세상에 유명한 비림(碑林)이다.

"화, 이게 대체 몇 개야?"

꼬마는 주위를 둘러보면서 눈을 휘둥그렇게 떴다.

"몇 개나 될 거 같니?"

"누난 알아?"

"호호, 그럼 알지! 내가 소림사에 몇 번째 오는 건데!"

홍의소녀가 옆에서 의기양양 밝게 웃었다.

귀엽게 생긴 꼬마, 이제 서너 살가량 되어 보이는 꼬마는 믿지 못하겠다는 듯이 고사리 같은 손가락으로 눈앞에 가득 늘어서 있는 비석들을 가리키며 종알거렸다.

"그럼 말해 봐! 여기 있는 비석들이 모두 몇 개나 되는지?"

"소림사의 비석들이 모인 이 비림(碑林)의 비석들은 삼백 개가 넘지. 그중 유명한 것은……."

"삼백 몇 개인데?"

따져 묻는 꼬마의 말에 홍의소녀, 경운 군주(瓊雲郡主)는 말문이 막혔다.

"이걸 누가 하나하나 다 세어보니?"

"다 안다며?"

꼬마가 따져 물었다.

눈이 총명하게 반짝였다.

"아이고, 이걸 그냥!"

경운 군주는 손을 번쩍 치켜들었다.

"어라? 또 때리려고? 어디 때려봐."

꼬마가 턱을 치켜들었다. 꼬마는 팔짱을 끼면서 말을 이었다.

"때리기만 해봐라. 엄마에게 일러 버릴 테니까!"

"으으으……."

경운 군주는 사나운 표정으로 꼬마를 노려보았다.

그냥 패버리고 혼나고 말아? 갈등의 빛이 역력했다.

"성질이 그렇게 못되면 시집가서 남편 고생시킨단 말이야. 좀 얌전해 봐. 여자가 그게 뭐야?"

"뭐, 뭐야?"

"사람들이 다 그래. 누나의 성질이 개차반이라구. 그 나이에 창피한 줄이나 알아. 아랫것들에게 창피하지도 않아? 쯧쯧……."

꼬마의 말은 조금도 망설임이 없었다.

경운 군주의 얼굴은 성질을 이기지 못하고 붉게 달아올랐다.

"너, 너…… 말해! 누가 네게 그따위 소리를 하디? 내 이것들을 모조리 그냥……."

"군주마마."

그녀의 폭주는 시작되기 전에 저지당했다.

"모모!"

"체통을 지키셔야 합니다. 사람들이 보고 있습니다."

그녀의 뒤에 서 있는 노파가 낮게 말했다.

경운 군주는 주위를 돌아보았다.

뒤로 위사들이 무표정하게 늘어서 있었다.

그리고 그 뒤로는 안내를 맡은 소림사의 중놈들의 모습까지 눈에 밟힌다.

"보면 대수야?"

경운 군주는 코웃음 쳤다.

어차피 사람으로 여기지도 않는 것들.

"군주마마. 공주마마의 말씀을 잊으셨습니까?"

궁장노파의 말이 낮게 깔리자 경운 군주는 고운 얼굴을 일그러뜨린 채로 입술을 악물었다.

이번에 가면 말썽을 피우지 말고 조신하게 처신할 것.

그게 그녀가 소림사로 오면서 받은 명령이었었다.

"곧 혼인을 하실 몸이니 전과 다르지요."

옆에서 궁장노파가 낮은 음성으로 못을 박았다.

"쓸데없는 일로 열받지 말구 구경이나 마저 하자. 야, 이게 그 유명한 당태종사소림교비(唐太宗賜少林敎碑)로구나! 자아~ 비림은 대충 본 거 같으니, 우리 탑림에나 가보자!"

꼬마가 영악하게 웃었다.

"가고 싶으면 너나 가렴. 난 여기서 더 놀다 갈 테니."

잔뜩 약을 올려놓고는 딴 짓을 하는 동생을 보자 속이 끓어오른 경운 군주는 코웃음을 쳤다.

"에잉, 속 좁게시리! 곧 시집갈 사람이 그래 가지고서야 어디 시집가서 귀여움을 받겠어? 여자가 다소곳한 맛이 있어야지?"

"뭐가 어째? 이 녀석이 정말!"

경운 군주는 참지 못하고 꼬마의 머리통을 쥐어박았다.

"아얏! 왜 때려? 왜 때리냐구!"

"맞을 짓만 골라 하면서 안 맞길 바래?"

"우와아앙! 으아아앙!!"

천둥이 치는 소리.

꼬마는 그 자리에 철퍼덕 주저앉아 악을 쓰면 울어대기 시작했다. 총명하고 영리하기는 하지만 어릴 때부터 금이야 옥이야 자라 마음에 들지 않는 것이 있으면 참지를 못하는 것이 꼬마의 성격이었다.

"뭐 하는 짓이야? 빨리 일어나지 못해!"

경운 군주는 당황해서 소리쳤다.

"우와아앙, 엄마야~!"

꼬마는 더 소리를 높였다.

"그래, 네 맘대로 더 울어봐!"

화를 참지 못한 경운 군주는 우는 꼬마의 엉덩이를 한 번 걷어찬 다음 그 자리를 씩씩거리면서 떠나 버렸다.

"구, 군주마마!"

당황한 궁장노파가 그녀를 불렀지만 그녀는 대답도 없었다.

이미 저만치 멀어지고 있을 뿐.

"뭣들 하느냐? 어서 군주마마를 쫓아가지 않고!"

멀뚱거리고 있는 위사들에게 궁장노파는 눈을 부라렸다.

그 음성에 깃든 살기를 느낀 위사들이 화들짝 그 뒤를 따랐다.

"따라오지 마! 따라오면 그냥 안 둘 거야!"

경운 군주는 야멸차게 소리쳤다.

눈에서 살기마저 뿌려대는 그녀야말로 몇 년 전 일명을 죽일 뻔했던 바로 그 군주에 다름이 아니었다.

시녀들이 울상이 되어 황급히 그 뒤를 따랐다.

'하이고…… 나무아미타불!'

그 모습을 보면서 한숨을 쉬는 것은 안내를 맡은 지객당의 일경이었다.

第三章
목노(木老)의 최후

첫째 마당

"젠장! 아무리 생각해도 열받네……."

깍지를 끼고 누운 채로 누룽지를 씹고 있던 일명은 벌떡, 일어났다.

정말 열받았다.

간만에 고기 맛을 보려다가 입맛도 다시지 못했다.

뭐, 그것까진 좋았다.

맹랑한 예비 비구니를 만난 것으로 충분히 기분이 상쇄되었으니까.

그런데 막상 소림사에 당도하자 겨우 나온 말이 숨어 있어라? 그 바람에 해가 뉘엿뉘엿 지고 있는데도 저녁은커녕, 겨우 누룽지를 얻어와서 씹고 있자니 생각할수록 열이 나는 건 어찌할 수가 없었다.

"이걸 그냥……."

찾아가서 혼내줘 버릴까?

"그랬다간 소림사에서 날 쥐이려고 하겠지?"

일명은 입맛을 쩍쩍 다시다가 혀를 찼다.

"속 넓은 내가 참고 말지. 그래 봐야 며칠일 테니……."

일명은 한숨을 푹 쉬다가 문득 붉게 물든 하늘을 올려다보았다. 하늘을 뒤덮다시피 한 구름. 그 구름을 붉게 물들인, 타는 듯한 노을은 말 그대로 장관(壯觀)이었다.

그 절묘한 구름들의 어울림은 한 사람의 모습을 그려내고 있는 듯했다.

"형……."

문득 일명의 입에서 중얼거림이 흘러나왔다.

대호.

세상에 하나밖에 없는 핏줄.

반드시 자신을 데리러 온다던 그 형은 약속한 해를 이미 일 년이나 넘겼다. 그런데도 아직 소식이 없었다.

"대체 어디에 있는 거야?"

어디에 있는지, 대충 어디인지라도 알아야 찾아라도 갈 터였다. 그런데 어디에 있는지는커녕 짐작도 못하니 방법이 없었다. 암중에 손을 써 개봉의 소식을 이따금 들을 수는 있었다. 그럼에도 형의 종적은 감감무소식이었다. 그렇게 그저 기다릴 수밖에 없는 것이 일명을 더욱 답답하게 했다.

금년까지 기다려 봐서 안 오면 어떻게든 나가서라도 찾아볼 참이었다. 어떤 경우에도 자신이 한 말은 지키는 형이었기에 점점 불길하기만 한 것이다.

그때였다.

"저기……."

"왔냐? 왜 이렇게 늦었어?"

나타난 사미를 일명이 노려보았다.

금년에 구족계를 받을 방장실 사미인 지공은 난감한 빛으로 머리를 긁적였다.

"급합니다! 잠시 빠져나온 거니 어서 가야 해요. 왜 부른 거예요?"

"이 녀석이!"

일명은 일단 지공의 머리통을 한 대 갈겼다.

"아야! 왜 다짜고짜 때리기부터 해요?"

"그럼 때리는데 준비하라고 하고 때리냐? 알았다. 준비되었냐? 이제부터 팬다."

"사, 사숙……."

고약한 괴물, 일명에게 걸린 지공은 울상이 되었다.

"저, 정말 가봐야 해요. 장문인께서 찾으시면……."

"좋아, 좋아. 네가 뭔 죄 있겠냐? 잔말 말고 내가 물어본 거만 쏟아내고 가라."

"후, 그게 그러니까요……."

방장실의 사미, 지공은 길게 한숨을 내쉬고는 말을 시작했다.

원래 일명은 궁금한 걸 참지 못하는 성미인지라 그 와중에도 소림사로 돌아오자 정혜의 말을 조사했다.

그리고는 정말 육 개 문파에서 장문인이나 장로들이 와 있는 것을 알게 되었다.

그건 보통 일이 아닌지라 일명의 회를 동하게 하기에 족했다.

이렇게 큰 모임이라면 소림사뿐 아니라 사방이 시끄러운 게 정상이었다. 그런데 시끄럽기는커녕, 쥐 죽은 듯이 뒤편 정실에 모여 앉아 수군거리고 있으니 어찌 궁금하지 않을 수가 있겠는가.

해서 방장실 사미인 지공을 다그쳤던 것이다.

"그러니까 뭐냐? 그 백존회의 괴수인 천존에게 문제가 생겼고 그를 살리기 위해서 지금 강호상에서 괴변이 일어나고 있다? 그런 말이냐?"

"그건 모르죠. 십팔나한 존자들께서 나가셨으니, 돌아오면 알게 될 거라고 하네요. 중요한 건 처녀들이 실종되고 있고 거기에 더해서 각지에서 고수들이 사라졌다가 시체로 발견되고 있다는 거랍니다. 그거 때문에 이번에 모인 거라고 하네요."

지공의 정리였다.

"어떤 놈이 하는 짓인지도 몰라?"

"알면 모여서 의논을 하겠어요?"

"모르는데 의논하면 알게 된다든? 그 양반들 돌아와서 보고한 것도 알려줘라."

"사숙……."

"왜 그렇게 다정하게 부르냐?"

"저, 이런 거 밖에다 알리는 거 탄로나면 파문당해요."

지공이 울상으로 말했다.

"누가 밖에다 이야기하는데?"

"사숙!"

"걱정 마, 임마! 내가 남이냐? 너나 나나 다 소림의 제잔데 무슨 밖은 밖이냐? 걱정 말고 가서 무슨 일인지나 잘 알아봐라."

생각이라도 해주는 듯이 일명은 웃으며 지공의 등을 두드려 주었다. 딴에는 용기를 북돋워 준다는 거지만 지공의 어깨는 더 처지기만 했다.

"정혈을 빨려 죽는다? 어떤 괴물이지? 혹시 채음보양을 하는 여괴(女怪)일까?"

지공을 보낸 일명은 생각에 잠겼다가 씨익, 웃음 지었다.

그런 여괴물이라면 한 번 만나보고 싶은 일명이었다.

개봉에 있었다면 이미 총각 딱지를 떼었을 텐데 아침마다 천막이나 치고 있다니, 그런 괴물을 만난다면 불감청인정 고소원이……

"아니군. 이 몸의 귀중한 동정을 그런 하수구에다 아무렇게나 쏟아버릴 수야……."

순간.

픽!

"뭐, 뭐야!"

일명은 기겁을 하고는 튕기듯 몸을 뒹굴어 섰다.

방금까지 누워 게겼던 그 자리. 일명의 머리가 있던 자리에는 커다란 도끼 하나가 픽 하니 파고들어 가 있었다.

피하는 것이 조금만 늦었다면 머리가 깨진 수박처럼 반쪽이 나버렸을 것이었다.

"이게 무슨 짓이야?"

앞을 쏘아보는 일명의 얼굴이 험악해졌다.

"넌 할 일도 안 하냐? 잊어버린 모양인데, 넌 아직도 불목하니란 말이다. 네가 불목하니 하겠다고 했잖아? 그래 놓고는 나무 하는 것부터 모두 내가 다 해주길 바라는 게냐?"

거한 일광이 팔짱을 낀 채로 일명을 내려다보았다.

오 년이 지났음에도 일광은 일명보다 머리 하나가 더 있어 보였다.

"누가 그러래? 내가 알아서 다 하잖아!"

"하긴 뭘? 꼬맹이들 들볶아서 그놈들에게 시키면서."

"뭐가 되든 하면 되었지, 뭘 그래?"

"자신이 해야 할 일은 자신이 해야 하는 법이다."

일광은 도끼 자루를 잡았다.

거대한 도끼는 마치 지푸라기처럼 그의 손에 잡혀 하늘로 올라갔다. 도끼를 등에다 울러맨 일광은 그 말을 끝으로 아무런 미련도 없는 듯이 그 자리를 떠나기 시작했다.

"아니, 누운 사람 일으켜 놓으려고 도낄 던진 거야?"

일명이 고함쳤다.

"……"

일광은 몸을 돌려 일명을 바라보았다.

일명은 지지 않겠다는 듯이 그의 눈을 쏘아보았다.

…….

"난 아직도 모르겠다. 네 녀석이 교활하고 영리한 건 알겠는데……
왜 널 선택했는지……."

"그건 또 무슨 소리야?"

"목노가 돌아왔다."

"뭐라고?"

일명은 놀라 그를 보았다.

"널 기다리고 있다. 가봐라."

그 말을 끝으로 일광은 그 자리를 떠났다.

목노(木老)가 돌아왔다…….

둘째 마당

불목하니들의 거처는 당연히 소림사 중심에 있지 않았다.

향적주에서 한참을 돌아가 거의 사외라고 할 곳에 있었고 외따로 떨어져 올망졸망 기댄 선방들도 예전과 다름없이 낡아 고색이 창연했다.

"어디 있는 거야?"

일명은 괴이한 빛으로 주위를 두리번거렸다.

목노가 돌아와 자신을 기다린다면 당연히 이곳이었다.

그런데 불목하니들의 선방을 다 열어봐도—그래 봐야 세 군데였지만—목노의 모습은 어디에도 보이지 않았다.

목노는 늘 그 자리에 있는 사람이라고들 했었다. 언제나 사람 좋은 웃음을 머금은 채로 묵묵히 있는 듯 마는 듯 일을 하는 노인. 그런데 그런 그가 오 년 전 갑자기 모습을 감추었었다.

"돌아오자마자 날 찾는다?"

목노와 친했던 것은 사실이다.

하지만 사람 좋은 그와 친하지 않은 사람이 누가 있던가.

있어도 없어도 늘 그 자리에 있을 것만 같은 사람이 바로 그였다. 소식도 없이 그의 모습을 찾을 수 없게 되자 많은 사람들이 그를 찾았고, 일명도 그를 찾았었다.

그럼에도 그의 종적은 오리무중.

모두가 괴이하게 생각했고 잘못해서 산속에서 변을 당한 게 아닌가 생각을 하면서 지난 세월이 벌써 몇 년째란 말인가?

그런데 그런 그가 불쑥 나타난 것도 신기하지만 돌아와서 자신을 찾고 있다니…….

하지만 아무리 찾아봐도 목노는 보이지 않았다.

똥마려운 강아지처럼 빨빨거리며 주변을 돌아다녀도 찾을 수도, 아는 사람도 없었다.

짜증이 난 일명이 일광을 찾아보았지만 일광도 보이지 않았다.

"이 인간이 누굴 놀리나?"

짜증이 난 일명은 깍지를 끼고 벌렁 누워버리고 말았다.

이미 밖은 어둑어둑 해가 지고 있는 판이었다.

그러다가 깜박 잠이 든 모양이다.

뭔지 모르게 기이한 기분에 일명은 번쩍 눈을 떴다.

주위는 이미 칠흑처럼 어두워져 있었다.

그런데 자신의 뇌리 속에서 무엇인가, 알 수 없는 울림이 있었다. 그 울림은 자신을 부르고 있는 것 같았다.

이리 오라고.

그러고 보니 저 울림 때문에 잠에서 깬 것 같기도 했다.

선방 밖으로 고개를 내밀고 주위를 돌아본 일명은 몸을 날려 그 울림을 좇기 시작하였다.

어디선가 본 듯한 느낌.
"언제 여길 와본 거지?"
일명은 고개를 갸웃했다.
끊임없이 부르고 있는 것 같은 소리를 따라왔다.
나타난 것은 어둠에 묻힌 계곡.
그래 봐야 소림사에서 그리 멀리 떨어진 곳도 아니었다.
소림사 후면의 계곡인데 낡은 암자 하나가 멀리 있지만 사람의 기척은 느껴지지 않았다.
그럼에도 일명은 홀린 듯이 그 계곡 깊숙이 들어가고 있었다.
그리고는 마침내 시야를 가로막는 커다란 절벽 아래에 섰다.
숲이 우거지고 사방으로 나무뿌리와 바위가 뒤엉킨 곳. 그 절벽 앞에서 일명은 아무것도 없는 절벽을 바라보고 있었다.

―들어오너라…….

소리는 바로 그 안에서 들려오고 있는 듯했다.
"누구요?"
일명이 낮게 소리쳤다.
왠지 크게 소리치면 안 될 것 같아 낮은 음성으로 물었다.
하지만 대답은 없었다.
대신 일명은 절벽에 늘어진 나뭇등걸 등을 헤치고 그 안에 있는 동굴로 들어서고 있었다. 마치 거기에 동굴이 있는 것을 알고나 있었던 것처럼.

칠흑 같은 어둠 속을 헤치고 전진하는 일명.

허실생동(虛實生同)이라는 놀라운 공력까지는 아니더라도 이 어둠 속에서 희미하게나마 사물을 알아보면서 전진할 수 있음은 일명의 무공이 그간 놀랍게 진보한 것을 의미하고 있었다.

곰이나 호랑이라도 사는 걸까? 하고 살폈지만 동물이 사는 것 같지는 않았다.

드디어, 일명은 동굴의 막다른 곳에 당도했다.

어른 한 사람이 겨우 허리를 펼락말락 한 동굴의 끝.

그 막다른 곳에는 불상 하나가 새겨져 있는데, 그것을 보던 일명은 자신도 모르게 그 불상의 백호(白毫:이마에 털이 모여 점처럼 보이는)를 눌렀다.

구구궁……

불상이 밀려나면서 한 사람이 들어갈 만한 통로가 모습을 드러냈다.

'여기가 대체 어디지?'

일명은 어둠이 밀려 나오는 그 안을 바라보면서 고개를 갸웃거렸다.

누가 자신을 부르고 있는지도 알지 못하지만 누군가가 자신을 불러 여기에 당도했다.

그리고는 그가 시킨 대로 문까지 열었다.

기척을 살펴보아도 누가 있는 것 같지는 않았다.

어차피 여기까지 온 다음이다.

까짓거.

일명은 안으로 한 걸음을 내딛었다.

순간, 무서운 힘이 칠흑 같은 어둠 속에서 그를 향해 밀려들었다. 느닷없이 닥쳐든 거대한 기운은 공포스러울 만큼 강력했다.

"누구냐!"

일명은 대경하여 고함쳤다.

단순히 고함친 것이 아니라, 두 팔을 교차하여 빗장처럼 앞으로 내밀었다. 그것이야말로 소림칠십이종 절기 중 세상에 모습을 잘 드러내지 않았던 금강산(金剛閂)이라 이름하는 절기였다. 산(閂)은 빗장이란 뜻이니, 바로 금강으로서 빗장처럼 앞을 막는다는 의미다.

쾅!

폭음이 터져 나왔다.

강력한 회오리바람이 일면서 그 충격에 일명은 주춤 두어 걸음을 물러나야 했다.

팔뚝이 부러질 것처럼 아팠다.

'제길! 훔쳐 본 책에 써 있기를, 이 한 수는 세상 어떤 것이라도 막아낼 수가 있다고 하더니 이게 뭐냐?'

일명은 내심 투덜거리면서 감히 태만하지 못하고 앞을 쏘아보았다.

한 손은 금강산의 수식(守式)으로 앞을 가리고 그 뒤의 한 손은 잔뜩 주먹을 움켜쥔 채였다.

겉보기로는 금강권의 일로(一路)처럼 보이지만 실제로는 참마팔법의 나한파천마의 일격을 준비하고 있었다.

그만큼 상대의 공격은 무서웠다.

다시 공격해 온다면 생사를 장담할 수 없을 만큼.

"누가 이따위 짓을 하는 거요? 왜 나를 불러내서 죽이려는 거지?"

일명이 낮게 소리쳤다.

음성은 낮지만 거기에 실린 힘은 결코 낮은 것이 아니었다.

웅웅—

주변이 그 힘에 의해 떨렸다.

순간.

쿨럭쿨럭······.

격한 기침이 앞에서 터져 나왔다.

"······?"

괴이한 빛이 일명의 눈에 떠올랐다.

그 가공할 암격이 이어 이번에는 금방이라도 숨을 거둘 듯한 기침 소리의 습격이라니? 너무도 뜻밖의 전개였던 것이다.

그리고.

"훌륭하게 컸구나."

힘없이 들려오는 소리.

그의 앞, 어둠 속에 한 사람이 웅크리고 앉아 있었다.

거기에는 하나의 석탑(石榻:돌 의자) 같은 것이 있는데, 그는 거기에 앉아 일명을 보고 있었다.

희미한 어둠이 주위에서 밀려났다.

"목노?"

일명의 입에서 믿기지 않는 신음이 새어 나왔다.

주위가 밝아지고 있었다.

석탑에 앉은 그는 노인이었다.

피폐한 모습의 노인, 그의 뒤에서는 희미한 빛이 번져 나오고 있어 주변의 어둠을 몰아내고 있는, 신기하기 이를 데 없는 광경. 아니, 경건하게 보이는 모습이었다.

“정말 목노예요?”

일명은 눈을 끔벅거렸다.

정말 목노였다.

허리 구부정한 그 모습은 사람 좋은 목노에 다름이 아니었다. 그러나 백랍과 같이 창백한 그 얼굴은 살아 있는 사람의 것이 아닌 듯 보였다.

지난날 보았을 때보다 백 년은 늙어 보였다.

봉두난발의 백발은 마치 파뿌리가 뒤엉킨 것처럼 보였다. 그럼에도 괴이하게 그 얼굴은 편해 보였고 어둠 속에서 상화로운, 은은한 빛이 흘러나와 범접하기 어려운 기운이 느껴졌다.

“이리 오너라. 시간이 많지 않구나.”

그가 손짓했다.

그런데, 막 앞으로 나가려던 일명은 그 자리에 그대로 굳어지고 말았다.

그제서야 그가 있는 동굴이 어디인지를 알게 되었던 것이다.

주위를 빙 둘러 늘어선 흉악한 모습의 거한들.

그들은 살아 있는 사람이 아니었다. 하지만 마치 살아 있는 것처럼 생생히 조각된 석상들, 여덟 좌의 석상은 바로 금강역사상이었다.

“참마팔법……?”

신음처럼 일명이 중얼거렸다.

놀랍게도 일명이 지금 서 있는 곳은 지난날 그가 신비인에게서 참마팔법을 전수받았던 바로 그 소림암종의 전승지였다.

“설마?”

일명은 목노를 바라보았다.

목노는 희미하게 웃는 눈으로 일명을 보았다.

"맞다. 너를 소림암종의 후계자로 선택한 사람이 나다."

그의 말은 실로 놀라웠다.

소림사의 일개 불목하니가 천하를 뒤집고도 남을 무공을 지닌 고수였다니, 그가 소림암종의 전승자라니…….

"대체 이게…… 아니, 그보다 그때 말하지 않았던가요? 이곳은 오직 한 번만 올 수가 있다고?"

"그렇지. 하나 이제 네가 암종의 유일한 계승자가 되니, 너를 여기로 부른 것이다."

"그게 무슨…… 설마?"

"그래, 내 삶은 이제 한 시진도 남지 않았다."

"목노?"

일명이 놀라 눈을 크게 떴다.

"후우…… 마존이 세상에 모습을 드러내려 하니, 어쩔 수 없이 몸을 드러내 그를 막아야 했다."

목노는 쓴웃음을 지으며 고개를 저었다.

"오 년 전을 기억하느냐?"

"그걸 어찌 잊겠어요? 드디어 무공을 배울 수 있게 된 날인데……."

"당시 소림사에 난입한 백존회는 그냥 물러난 것이 아니다. 그들은 혜인이 살아 있는지를 알아보기 위해서 병력을 움직였고 마지막 순간에는 백존회의 천존마저 모습을 드러냈었다."

"천…… 존? 설마 죽었다던 그 천존 말인가요?"

일명이 놀라 물었다.

"천존은 죽지 않았다."

목노는 굳은 음성으로 말했다.

"죽지 않았을 뿐만 아니라, 혜인과 싸웠던 부상을 회복하여 그를 찾아 여기에 나타났었다. 바로 그때에."

"그때 여기요?"

일명의 놀람은 더욱 커졌다.

"혜인은 그와의 일전에서 입은 내상을 회복하지 못하고 열반에 들었다. 그러니 단신으로 천존과 마주할 사람은 소림사 내에 없다고 봐야 했지. 해서 내가 암중에 그를 막아야 했었다."

"목노가 말입니까?"

"소림암종은 암중에 소림사를 보호하기 위해 존재하니까."

목노는 길게 한숨을 내쉬었다.

"내가 그를 물리치자 백존회는 소림사의 힘에 놀라 모든 것을 포기하고 물러났다. 우리 둘의 대결은 진신내력의 격돌이었기에 누구든 살아남기 힘들었지. 아마 천존도 다시 회복하기 어려울 것이지만 나 또한 그 범주에서 벗어나기 어려웠다. 지난 몇 년간 숨어서 계속 연공을 했지만 결국 마공의 침습을 벗어날 수가 없었구나…… 쿨럭!"

그가 밭은기침을 뱉어냈다.

"이제는 더 이상 견딜 수가 없어서 열반에 들고자 한다. 그렇게 되면 이제 소림암종은 네게 맡겨지는 것이다."

그의 얼굴이 엄숙해졌다.

"목노……."

"내 이름은 혜상(慧相)이다. 혜인의 사형뻘이 된다. 네가 비록 소림사에서 일 자 배분이기는 하지만 실제로는 소림 최고의 배분이 되는 셈이다. 당금 소림사의 방장 심혜와는 동배라고 생각하면 된다. 하지만 그걸 밝히고 소란을 일으키면 안 된다. 네 신분은 언제까지라도 밖으로 드러나면 안 되는 것이니까."

"굳이 그렇게 못을 박지 않아도 된다구요."

일명이 볼멘소리로 중얼거렸다.

하지만 입 끝이 절로 째지는 것을 막지는 못했다. 어떻게 하든 대자배가 되어 배분이 높아지고 싶었다.

그런데 대자배가 아니라 그 위의 심자배와 동배라니!

"그럼 제 법명은 심명이 되는 거네요?"

"……."

쓴웃음이 어이없다는 듯이 목노, 혜상의 얼굴에 스쳐 갔다.

"네 신분은 밖으로 드러날 수 없다. 영원히 심명이 될 수 없다는 게지. 넌 일명이다."

"그런 게 어디……!"

항의하던 일명은 목노가 고개를 젓는 것을 보곤 입을 다물었다.

화락한 빛이 혜상의 몸에서 점점 더 커지고 있었다. 마치 부처님의 뒤에서 빛나는 후광(後光)을 보는 것 같은 느낌이라 일명은 압도되어 감히 항변조차 하기 어려웠다.

"본 문의 무공은 악을 징치하기 위해서 강렬하다. 하지만 그 근본은 불법(佛法)에 있다. 이 점을 잊지 말거라. 그리고 마공으로 다시 일어선 천존이 비록 나에게 패해 물러났지만 그는 아마 죽지 않을 것이다. 후계를 키우든 무엇이 되든 다시 나타날 터이다. 그 시기가 점점 가까워오고 있다. 그것을 알면서도 모든 것을 네게 맡겨야 하겠구나."

"정말 천존이 죽지 않았다는 겁니까?"

"살아남기 어려울 것이다. 하지만 살아남는다면 더욱 무서운 존재가 되겠지. 인간이라면 살아남지 못할 테니까."

"으음…… 그럼 지금 일어나는 일들이……."

일명은 신음을 다시금 흘렸다.

갑자기 머리 속에서 뭔가 그림이 그려지는 느낌이었다.

"너는 아주 복잡한 운명을 타고났다. 천살성을 타고나서 만에 하나, 마도로 빠졌다면 절세의 마존이 되었을 수도 있었지. 앞으로도 그 운명은 네 하기에 달려 있음을 명심해야 한다. 마존이 될 수도, 불성이 될 수 있음도 모두 네 하기에 달려 있음을."

"그래도 출가인인데 마존이야 되겠어요?"

투덜거리는 일명에게 혜상은 미미하게 웃음을 보였다.

"너는 아마도 곧 내 말뜻을 알게 될 것이다. 언제 어디에 있더라도 너는 잊지 말거라, 너의 뿌리는 소림에 있음을."

"그건 또 무슨 소리예요?"

"시간이 없다. 이리 오너라."

갑자기 혜상이 손을 들었다.

"본 문의 장문은 따로 존자(尊者)라 불린다. 너는 너를 따르는 형제들을 여기서 나가면 볼 수 있을 것이다. 그들을 보려면 일광을 찾으면 될 터이다."

"일광?"

일명의 눈이 커졌다.

"난 아직도 모르겠다. 네 녀석이 교활하고 영리한 건 알겠는데…… 왜 널 선택했는지……."

이제야 그 말이 무슨 뜻인지 이해가 갔다.

"일광 사형이 암종의 제자인가요?"

"그렇다. 하지만 암종의 제자는 너 하나뿐이다. 그들은 너를 도울 뿐이지."

쳐든 그의 손에서 거역하기 어려운 힘이 일어나 일명을 끌어당겼다.

반항을 할 수도 있겠지만 그럴 이유는 없어 일명은 속절없이 그에게 끌려갔다.

"제석참마공을 운기하거라. 네게 힘을 전해주리라."

"그……!"

일명은 급히 입을 닫았다.

그의 반짝이는 대머리, 정수리를 혜상존자가 짚었던 것이다.

그것과 함께 놀라운 힘이 뜨거운 물을 부은 듯이 일명의 전신으로 쏟아져 내렸다.

"명심하거라. 하늘이 너에게 시련을 내릴지라도 너는 소림의 사람임을. 그 시련은 너를 단련하기 위함이라는 것을 잊지 말지어다. 또한 힘을 가진 사람은 반드시 그 힘을 너 자신이 아닌, 다른 모두를 위해서 써야 한다는 것을……."

그래야 그 힘은 제대로 된 위력을 보이게 될 것이었다.

왜냐하면 그 힘이야말로 세상에 드문 불가의 전승내력이므로.

일명은 거대한 화로 안에 들어앉았다.

그리고 그 화로 속에 잠겨 온몸을 불태웠다.

그러한 그의 뇌리에는 목노, 혜상존자가 남긴 음성이 감돌고 있었다.

소림을 떠날지라도 너는 소림의 사람이니라.

아직까지 일명은 그 말이 무슨 뜻인지 알지 못했다.
왜 그가 그런 말을 하는지도.

第四章
악연(惡緣)은 계속되고…….

첫째 마당

대애~애앵~

긴 종소리가 석양을 밀어내고 있었다.

사방은 밀려들 어둠에 쫓겨 바삐 돌아가고 숭산을 울리는 소림사의 종소리는 모든 것을 싸안을 듯 크고도 고요했다.

만과(晚課).

저녁놀이 온통 세상을 붉게 태우고 무너지고 있을 때, 소림사는 저녁 예불에 든다.

아미타경의 염송과 끊임없이 이어지는 불호.

그리고 사바의 과거불들과 시방의 불들인 팔십팔불(八十八佛)에의 예배, 이어지는 예불대참회문(禮佛大懺悔文)의 염송까지. 모두가 가슴에 손을 모으는 숭산의 장엄한 저녁이 시작되는 것이다.

그 고요함을 깨뜨리는 일은 바로 그때 일어났다.

붉은빛 하나가 소림산문을 향해 무섭게 다가오고 있었기 때문이다. 놀랍다고 할 정도의 속도였다.

"아미타불…… 누구신지, 걸음을 멈추시오."

아무도 없는 듯했던 소림산문.

그가 소림사 경내에 들어서자 좌우에서 두 사람의 소림승이 땅에서 솟아난 듯이 불쑥 나타났다.

그 순간,

"크으으…… 나는 공동파의……."

신음과 함께 그가 쓰러졌다.

도인이었다.

탐스러웠을 수염, 가슴 앞까지 드리워졌던 그 흰 수염은 핏물로 붉게 물들었고 태극 문양의 도포는 피로 물들어 혈포가 되어 있었다. 그 옷이 원래 도포임을 알아보기 어렵도록 찢겨져 너덜거림은 그가 어떤 어려움을 헤치고 여기까지 달려왔는가를 알려주기에 전혀 모자람이 없었다.

"맙소사! 대체 이건?"

그의 앞을 가로막았던 순찰승들이 놀라 눈을 부릅떴다.

그 즈음, 방장실 후면 정실에서는 오늘도 여전히 심각한 논의가 계속되고 있었다.

"십팔나한이 돌아오는 즉시, 모두 돌아가 암중에 각지의 추이를 살펴 긴밀히 연락하기로 하는 것이 좋겠습니다. 소림사에서 가장 앞서 정세를 살피고 있는 듯하니, 이 일의 수장(首長)이 되고…… 개방과 긴밀한 협조를 하면 백존회에서 아무리 은밀히 일을 벌인다고 할지라도 어떤 움직임이 있다면 우리들의 눈을 피할 수는 없을 것입니다."

무당 장문인 일송자의 말에 모두가 고개를 끄덕이고 있었다.

각파의 장문인, 그리고 수좌장로가 바로 그들의 신분이었다. 무작정 시간을 보낼 수 있는 사람들이 아닌 것이다. 사안이 중대하지 않았다면 소림사에서 굳이 그들을 청하지도 않았을 터였다.

소림사가 아무리 애를 쓴다고 해도 천하의 모든 곳을 다 돌아볼 수는 없는 일이니, 그들과 협조를 함은 너무도 당연했다.

"차라리 백존회에서 일을 벌이는 것이면 좋겠는데……."

심혜 상인이 무거운 한숨을 흘러냈다.

"그건 또 무슨 말이시오?"

청성파 우현 진인의 안색이 달라져 물었다.

"백존들이 하나로 모여 있다면 힘이 들지라도 그들만을 상대하면 됩니다. 하나, 그들이 갈라져서 백존회가 존재하지 않게 된다면 강자들이 사방으로 흩어질 것이니 일대 재앙이 현신하는 셈이 될지도 모른다는 거지요."

심혜 상인의 말에 모두가 입을 닫았다.

그들 모두가 그 말에 공감을 하기 때문이다.

백존회의 힘은 아무도 모르는 사람이 없었다.

대륙 전역의 강자들은 물론이고 남해의 해룡선단(海龍船團), 대막의 광풍사(狂風砂), 하다못해 초원의 혈랑대(血狼隊)나 청해(靑海)의 천잔방(天殘幫)까지 천존의 행보에 굴하여 백존회에 들어 있었다.

백존회는 백 명의 강자의 모임이지만, 그 한 사람 한 사람은 바로 한 지역의 패주(覇主)나 지배자였다.

그런 그들이 한꺼번에 발호한다면 정말 재앙이 아닐 수 없으니 차라리…… 라는 말을 하는 것이다.

"하지만 천존이 살아 있어 일을 꾸미고자 했다면 재앙은 우려가 아니라, 현실이었을 것이니 걱정만 해서 될 일은 아니지요. 그의 생전에 천하를 상대로 도박을 하려 했다면 사실상 막을 사람이 거의 없지 않았겠습니까?"

복호 신니가 좌중을 둘러보았다.

"그거야…… 거참! 답답하군. 저들이 무슨 짓을 하려는지 알 수가 없으니, 내일까지 기다려 보아 다른 소식이 없다면 빨리 돌아가 행동에 옮겨야만 하겠소이다그려."

종남파의 장문인 현도 진인이 무겁게 말을 뱉었다.

그러면서도 그들이 굳이 말을 하지 않은 것이 있었다.

그것은 바로 백존회가 아닌 또 다른 어떤 힘이 준동하는 것은 아닌가, 하는…… 이 와중에 그런 일까지 벌어진다면 참으로 난감하기 짝이 없는 것이기에.

바로 그때였다.

다급한 외침이 밖에서 들려온 것은.

"대조입니다!"

그 소리에 실린 급박한 기운을 읽은 심혜 상인의 안색이 조금 달라졌다.

"무슨 일이냐?"

약왕전.

방장실의 좌측 후면에 위치한 이곳은 두 군데로 나뉘어져 있다.

앞쪽은 일반 신도들을 받는 전전(前殿)이고 담으로 막혀 월동문을 통해서만 출입이 가능한 후전은 바로 소림사 내의 사람들만 출입이 가능한 곳이다.

전전에서는 일반 신도들도 진료를 하고 있어 평일에는 사람들이 늘 북적거렸다.

하지만 후전은 거의 언제나 고요한 분위기.

그런데 지금은 그 고요가 지나쳐 질식할 듯한 침묵이 약왕전을 누르고 있었다.

침상에 죽은 듯 누워 있는 사람, 기식이 엄엄한 창백한 얼굴의 그는 공동파(崆峒派)의 장로인 청운 진인이었다. 방금 전 피를 뿌리며 달려온 사람은 바로 그였다.

"대체 이게 어찌 된 일이오?"

그와 친분이 두터운 청성파의 우현 진인이 신음하듯 물었다.

"도착하신 다음, 바로 혼절하셔서 긴 말씀을 듣지 못했습니다."

약왕전의 주지인 심주 대사가 무거운 음성을 대꾸했다.

"들은 대로 이야기해 보게."

심혜 상인의 다그침에 심주 대사가 입을 열었다.

"모임에 참석하기 위해서 제자 몇 사람과 뒤늦게 출발을 하신 모양입니다. 그런데 하북성에 들어서면서 습격을 받았다고 합니다."

"습격을? 누구에게?"

"복면을 한 자들이라 누군지 알 수 없었다고 하는군요. 그들의 무공은 기괴한 데다가 불의의 기습을 당해 제대로 손을 쓰지 못하고 쫓기신 모양입니다. 결국 동행했던 제자들이 모두 죽고 혼자만 살아 여기까지 오신 것 같습니다."

그는 무거운 안색으로 말을 이었다.

"아미타불…… 족히 반나절은 넘게 추격을 당하면서 전혀 쉬지 못하고 달려오신 듯합니다. 일신 내력이 심후하지 않았다면 출혈로 인해 살아 있을 수 없었을 겁니다. 상처가 너무 심합니다. 특히 가슴과 등에 난 검상이 아주 지독해서……."

"서, 설마 깨어날 수 없다는 말은 아니겠지요?"

우현 진인이 다급히 물었다.

"소환단을 들게 하고 계속해서 추궁과혈지법으로 막힌 혈을 뚫어 일단 위급한 상황은 면한 듯싶습니다. 하지만 오늘 중으로 깨어나게 하기는 쉽지 않을 것 같습니다."

"깨어나게 할 수 없겠나?"

"금침과혈수법(金針過穴手法)으로 깨어나게 할 순 있지만 오늘밤 이전에 깨어나게 하면 생사를 장담할 수 없습니다."

심혜 상인의 물음에 심주 대사의 대답은 무겁기만 했다.

"무량수불! 어찌 이런 일이……."

우현 진인이 망연자실해서 중얼거렸다.

…….

모두의 얼굴이 무거웠다.

공동파의 장로 청운 진인의 무공은 약하지 않았다.

그의 복마검식은 누구라도 쉽게 볼 상대가 아니었다. 그런 그가 제자들과 함께 소림사로 오다가 습격을 당했다.

그의 몸 상태로 보면 얼마나 지독하게 쫓겼는지 알고도 남음이 있을 정도였다.

대체 누가?

그 의문에 꼬리를 무는 것은, 어떻게 청운 진인의 행로를 알고 그를 습격했는가? 하는 것이었다.

그것은 결코 간단치 않은 의미를 가진 것이기에.

"설마 우리들의 모임을 알고?"

성미가 급한 복호 신니가 참지 못하고 말을 뱉어냈다.

"그럴지도 모르지요. 육대문파의 회합이란 것이 결코 작은 일이 아니니……. 어쩌면 빈승이 너무 일을 경솔히 처리한 것은 아닌지 우려가 되는군요. 아미타불…… 청운 도우께서는 기한 내에 오기 어려울 거라는 소식을 보냈었는데 어찌……."

심혜 상인이 긴 백미를 찌푸리면서 신음을 흘렸다.

그들의 무거움은 뒤로하고 어둠은 이제 천천히 소림사를 감싸기 시작하고 있었다.

뜻밖의 일들이 꼬리를 물기 시작한 것은 바로 그때부터였다.

"뭐라?"

심혜 상인은 놀라 눈을 크게 떴다.

"공주마마께서 뵙기를 청하고 계십니다."

그의 앞에 선 지객당의 대료가 굳은 얼굴로 다시 말했다.

"정말, 구대문파의 수장들과 같이 보자고 했더란 말이냐?"

"그렇습니다."

"대체 어떻게 된 일입니까?"

놀란 얼굴로 종남파의 현도 진인이 물었다.

"어떻게 공주께서 우리들이 여기 있음을 알고?"

청성파의 우현 진인도 괴이한 표정으로 심혜 상인을 보았다.

"아미타불…… 빈승도 잘 모르겠소이다. 누구도 그 말을 알려준 사람은 없었을 터인데……."

도깨비에 홀린 것 같은 심혜 상인의 모습이었다.

각파의 고수들은 일부러 소림산문을 통하지도 않고 소림사 내에 들었었다. 비밀을 유지하기 위해서.

모두가 그러하였었다.

그런데 난데없이 공주가 그들을 만나자고 나타나다니…… 그렇다면 그녀는 불공을 드리기 위해서 여기에 온 것이 아니란 말인가?

그렇게 일은 시작되었다.

전혀 생각하지도 못했던 곳으로부터.

*　　　*　　　*

방장실.

그렇게 이름 붙은 이곳은 소림사의 중심이다.

아예 방장(方丈)이라는 이름이 현판에 걸려 있는 이 전각에서 화경 공주는 주인처럼 자리하고 앉아서 각파의 장문인들을 맞이했다.

"이렇게 여러분을 만나게 되니, 정말 기쁘군요. 일송 장문인의 신색은 지난번보다 더욱 좋아진 듯하니, 도력(道力)이 더욱 깊어지신 모양입니다? 오호호호……."

화경 공주가 환하게 웃었다.

나이가 들었다 할지라도 농염한 미태는 여전한 그녀였다.

웃음을 터뜨리자 짤랑거리는 귀고리의 부딪침, 머리장식들의 흔들림이 잠시 귀를 흔들어놓았다.

"별말씀을……."

일송자는 가벼이 고개를 숙여 보였다.

다른 장문인들, 장로들은 묵묵히 그녀를 보고 있었다.

대체 그녀가 어떻게 그들이 여기에 왔음을 알았는가. 또 왜 그들을 모두 만나고자 하는가?

그것이 궁금한 것이다.

"이런, 내가 여러분을 만나고자 한 것에 대해 많이 궁금하신 모양이군요. 내가 여러분을 뵙고자 한 것에 대해서는 아마 나보다 이 사람이 설명하는 것이 옳을 거예요. 조 천호?"

그녀의 부름에 그녀의 뒤에 버티고 서 있던 위사가 나섰다.

사십대의 그는 무장(武將)이라기보다 선비 같은 얼굴이었지만, 눈빛만은 매섭게 살아 있어 관군의 특이한 위엄이 엿보이는 자였다.

"소생은 금의위 천호인 조검룡(曹劒龍)이라 합니다."

천호(千戶)라면 천 명을 지휘한다는 것이니 만만한 위치가 아니다. 더구나 금의위라면…….

"소장은 황상의 명을 받들고 왔소이다."

더구나 이어지는 그의 말이라니!

놀란 빛과 함께 모두가 일어나 한쪽 무릎을 꿇었다.

"과례를 하실 필요는 없으시오. 칙서를 가지고 온 것은 아니니. 소장은 황상의 전교(傳敎)를 전할 뿐이며, 이 전교는 공주마마께서 직접 전달받으셨지만 소장이 전하고 설명드리도록 하겠소이다."

그의 말이 떨어지자 비로소 소림사 장문인을 비롯하여 모두가 몸을 일으켰다.

천하제일이라는 소림사나, 구대문파의 장문인이라 할지라도 천하의 주인인 황제가 내린 명이라면 예를 표하지 않을 수가 없었다.

"무, 무슨 말씀이시오?"

놀라 말이 더듬어졌다.

그것은 비단 말을 더듬은 청성의 우현 진인뿐만 아니라 심혜 상인을 비롯한 다른 사람들도 마찬가지였다.

"각파에서 고수 열 명씩을 보내라니요?"

"단순한 고수가 아닙니다. 일대제자가 절반 이상을 차지하는 실질적인 전력이라야만 합니다."

천호 조검룡이 말을 잘랐다.

"아미타불…… 무슨 일인지 알려주실 수는 없겠습니까?"

심혜 상인이 물었다.

"모일 장소는 낙양이고, 기한은 한 달입니다."

"허허, 이건 너무 어려운 일입니다. 폐파로 돌아가서 사람을 보내는 것만으로도 시간이 모자랍니다. 아마 아미파 같은 경우는 거의 불가능한 일일 것입니다."

우현 진인이 미간을 찌푸린 채로 고개를 흔들었다.

"황상의 명이십니다. 반드시 지켜주셔야 합니다."

천호 조검룡은 다시 강조했다.

"아무리 그렇다고는 하지만 무슨 일인지를 알아야 사람을 수배할 수가 있을 것이 아닙니까?"

일송자가 다소 가라앉은 음성으로 말을 했다.

"그건, 여러분이 소림사에 모인 것과 같은 문제 때문이에요."

"우리들이 소림사에 모인 것과 같은 거라면?"

"당금 강호에 생긴 일들, 그걸 해결하기 위해 모인 게 아니었던가요?"

그녀의 되물음에 심혜 상인 등은 얼굴이 무거워졌다.

정말 그녀는 내용을 알고 있었다.

대체 어떻게?

"빈승 등이 여기서 모이는 일을 어찌 공주마마께서 알고 계시는지 여쭈어보아도 되겠습니까?"

참지 못하고 심혜 상인이 물었다.

"나라를 경영하려면 간단하지 않지요. 나는 그냥 황상의 명을 받들고 조 천호와 함께 여러분을 보러 온 것뿐이에요. 나머지는 여러분들에게 달렸겠지요. 하지만 이 일에는 매우 복잡한 문제가 얽혀 있어요. 만에 하나라도 자칫 함부로 대응한다면 여러분들에게는 곤란한 문제가 생길지도 몰라요. 이 일은 역모와 관련이 있으니까."

화경 공주의 마지막 말은 쐐기와 같았다.

역모라는 것은 가장 큰 죄였다.

무슨 수를 써도 거부할 수가 없다는 의미인 것이다.

"아미타불…… 한 가지만 여쭙도록 하지요. 정말 그 일이 역모와 관련이 있습니까?"

심혜 상인이 물었다.

"우리는 그렇게 판단하고 있습니다."

조검룡이 다시 말을 잘랐다.

그의 말투는 뒤끝의 여지가 없어서 말을 잇기가 아주 어려웠다.

"이 일을 제대로 조사하기 시작하면 여러분들은 각지에서 관군의 도움을 받게 될 것이니 손해가 나는 일은 없을 것이외다."

조검룡의 말에 심혜 상인 등의 얼굴은 묘하게 변했다.

관군의 도움을 얻는다면 좋은 일이다.

하나, 그렇게 되면 난감하기 이를 데 없는 일이었다.

관과 무림은 서로 왕래하기를 꺼렸다.

특히 무림은 관과 거래함은 무림을 포기하는 것으로까지 생각을 하고 있는 사람이 많았다. 어떻게 해도 결국은 관을 피할 수 없음에도 그들과의 합작은 무인의 이상을 버리는 일이고, 현실과 타협을 하는, 무인의 자격을 의심케 하는 행동으로 일컬어져 왔던 것이다.

결국 나온 말.

"아미타불…… 공주마마께서는 대체 이 모임을 어떻게 아셨습니까?"

심혜 상인은 말을 돌리지 않을 수가 없었다.

거절할 수 없다면, 최소한 그녀가 뭘 알고 있는지는 알아내야만 했다.

둘째 마당

만하보조(晚霞普照).

소실의 노을을 일컫는 찬사다.

경운 군주는 하늘을 바라보다 절로 감탄성을 흘러냈다.

"대단해. 산자락과 탑에 비추는 노을이라니…… 바람이 불 때마다 형태가 달라지네."

절묘한 경치에 머리끝까지 치밀었던 화가 사그라지는 것 같았다.

부는 바람이 기분 좋게 머리카락을 흩트리자 기분이 조금 풀어지는 것 같았던 것이다. 저 멀리 우뚝 솟은 탑림의 탑들도 노을빛을 받아 활활 타오르고 있는 것처럼 예뻐 보였다.

역시 좋은 누나 운운은 성미에 맞지 않았다.

그녀를 따르는 것은 시녀 둘밖에 없었다. 겉보기로는.

그때,

"종남의 노을도 숭산 못지않지요. 특히나 겨울의 눈은 종남설(終南雪)이라고까지 하니까요. 하하하……."

낭랑한 웃음소리.

난데없는 소리에 경운 군주는 깜짝 놀라 소리가 들려온 곳을 바라보았다.

울창한 숲.

경중경중 제멋대로 솟구친 바위들 틈으로 하늘을 가리며 자리한 잣나무 숲. 송백이 가득한 그 숲을 이룬 나무들의 높이는 보통 칠팔 장이고 십여 장 이상 되는 것들도 많았다. 가히 송백삼천(松柏森天)의 형세다.

그중 한 나무 위에서 백의인이 표표히 떨어져 내리고 있었다.

"당신은 누구죠?"

그를 본 경운 군주가 물었다.

나타난 백의인의 나이는 스물 초반인 듯한데, 헌앙한 것이 아주 잘생긴 모습이었다. 경운 군주와 비슷하거나 한두 살이 많을까? 날렵한 차림에다 등에는 한 자루 보검을 메었는데 바람에 날리는 옷자락이 그와 잘 어울려 눈에 띌 만큼 헌앙해 보였다.

'잘생겼네! 코만 우뚝했으면 정말 보기 드문 미남자였겠다. 아까워라.'

경운 군주는 내심 혀를 찼다.

정말이었다.

백의청년의 얼굴은 절세라고 해도 좋도록 잘생겼다.

멋들어진 기품만큼이나 잘생긴 얼굴이라 보는 여인들의 가슴을 저리게 할 만했다. 그러나 알 듯 모르게 코가 조금 낮은 듯하여 그것이 정말 옥의 티였다. 하지만 그럼에도 그가 잘생긴 미남자라는 것은 누구도 부인하기 어려웠다.

"소생은 종남에서 온 변진우라고 합니다."

백의청년의 입에서 흘러나온 이름.

그 이름을 들었다면 아마도 일명, 운비룡은 눈을 빛냈을 터였다. 나한테 터진 변성전장의 셋째, 변삼이잖아? 라고.

"종남?"

"구대문파의 하나인 종남파의 제자입니다. 소저는 어디서 오신?"

"무례하다. 이분이 뉘신지 알고!"

경운 군주의 뒤에 있던 시녀 둘 중 하나가 노해 소리를 질렀다.

"그만 해둬."

"하지만 군…… 주……."

시녀의 말소리가 기어들었다.

무서운 경운 군주의 눈초리가 그녀를 쏘아보고 있었기 때문이다.

'너 이따가 죽었다.'

귓전을 파고드는 소리에 어찌 사색이 되지 않을 것인가. 그녀의 시녀로서 그녀의 성질을 모를 리가 없는 것이다.

"구파의 제자가 아니십니까?"

변진우는 문득 이상한 표정이 되어 물었다.

바보가 아닌 다음에야 분위기가 다름을 느끼지 못할 리가 없는 것이다.

"구파? 아, 난 아미파와 관련이 있죠."

"아…… 아미파의 제자이셨군요."

"종남이라면 먼 곳인데, 어떻게 소림사에 오게 된 거지요? 공자의 기품으로 보아 평범한 일로 온 것 같지는 않을 듯 한데요."

그녀의 말에 변진우는 얼굴에 미소를 떠올렸다.

미인의 칭찬이니 싫을 까닭이 없었다.

소림사에 온 지 이미 이틀이 지났다.

선방에만 처박혀 있다가 답답하여 잠시 바람이나 쐬자, 하고 나왔다가 이런 미녀를 만났으니 어찌 횡재가 아닐쏜가. 그로서는 아직 바깥의 상황을 알지 못했다. 알았다면 어찌 감히 이 시간에 노을을 구경하고 여자와 노닥거릴 것인가.

"별말씀을, 소생은 사문의 존장을 뫼시고……!"

문득 그의 얼굴에 묘한 빛이 어렸다.

"아미파의 제자라면서 무슨 일로 온 건지 모른다는 겁니까?"

"호호, 그건……."

그때였다.

"그 여시주는 아미파의 제자가 아녜요."

날아드는 음성.

"아미타불, 당신은 뉘시기에 본 파의 사람을 사칭하는 건가요?"

그리고 한 사람이 앞으로 나타나 경운 군주에게 따져 물었다.

긴 머리에 승포를 걸친 여인, 그녀의 모습은 노을을 등진 채로 참으로 아름다웠다.

여자인 경운 군주가 보기에도 눈이 띄일 정도로.

정혜였다.

불어오는 바람에 긴 머리를 날리며 정혜는 경운 군주를 바라보고 있었다. 대답을 기다리는 것이다.

"아미파?"

그녀를 보면서 경운 군주는 어이없는 듯 미간을 살짝 찡그렸다.

'어떻게 된 거지? 소림사에 종남파에 이어 아미파까지라…….'

묘한 생각이 들었지만 그녀는 감히 자신을 다그쳐 묻는다는 생각에 화가 치밀었다.

감히 일개 비구니, 그것도 머리도 깎지 않은 계집 중이…… 게다가 저렇게 검박한 승복을 입었는데도 돋보이는 미모라니?

"내게 무공을 전수한 사람이 아미파에 속해 있으니, 내가 아미파와 관련이 있음은 거짓이 아닌데 어찌 거짓이라는 게냐?"

대뜸 반말이 튀어나왔다.

정혜의 안색이 조금 달라졌지만 상대의 차림새가 귀족으로 보이니 참고서 다시 물었다.

"그분이 누구지요?"

"나를 의심한다는 거야?"

경운 군주가 눈썹을 치켜떴다.

"의심이 아니라, 정말 아미파의 무공을 배웠다면 밝히지 못할 이유가 없지 않겠어요?"

문득 경운 군주가 활짝 웃었다.

전혀 다른 사람을 보는 것 같은 얼굴이었다.

"맞아. 숨길 이유도 없지. 하지만 그전에 말이야, 네가 과연 그걸 알 자격이 있는지를 보여줘야만 할 거 같은데?"

"뭐라구요?"

"궁금한 건 너지, 내가 아니잖아?"

"……"

정혜는 입술을 깨물고서 경운 군주를 쏘아보았다.

"자신이 없어? 그럼 쓸데없이 나서지 말고 꺼져."

그녀의 안색이 차갑게 변했다.

"내가 화나면 넌 물러나고 싶어도 물러날 수 없을 거야."

경험이 없는 정혜는 이어지는 그녀의 도발에 넘어가고 말았다.

"하하, 좋아요! 정말 당신이 본 파의 무공을 얼마나 익히고 있는지 봐야겠군요?"

말과 함께 그녀는 소맷자락을 날리며 달려들었다.

긴소매가 날리는 가운데 뻗어 나온 그 손은 마치 난초꽃이 피어나듯 기묘한 모습으로 휘날리는 것 같았다.

"십이난화불혈수(十二蘭花拂穴手)!"

흥미로운 모습으로 그 광경을 지켜보던 변진우가 탄성을 흘렸다.

아미파의 적전이 아니면 배울 수 없는 것이 바로 이 십이난화불혈수이고, 또한 상승의 공부를 가지지 않았다면 시전조차 할 수 없는 고급의 무공이 이 난화불혈수였다.

그러니 그 한 수로 이미 정혜의 신분은 증명이 되고도 남았다.

"제법이군!"

경운 군주는 그 공격을 보면서도 코웃음을 쳤다.

아예 피할 생각도 없이 그 공격을 그냥 보고만 있었다.

난꽃처럼 펼쳐진 정혜의 손은 번쩍 하는 순간에 경운 군주의 가슴팍에 이르렀다. 그럼에도 경운 군주는 피하기는커녕, 오히려 쳐보라는 듯이 불쑥 가슴을 내미는 것이 아닌가.

팽팽히 솟은 가슴!

아무리 같은 여인일지라도 방비조차 없는 여인의 앞가슴을 칠 수야 없었다. 그녀는 구대문파의 하나인 아미파에서 무도(武道)를 제대로 배운 사람이었으니까.

"무슨……!"

차마 방비도 하지 않는 사람을 칠 수가 없어 정혜가 미간을 찡그리며 손을 거두려는 순간, 경운 군주가 갑자기 질풍처럼 한 걸음 앞으로 나서면서 그녀의 가슴을 쳤다.

너무 창졸간이라 피할 수조차 없었다.

팡!

경운 군주의 손은 몸을 비틀면서 찰나간에 팔뚝을 세운 정혜의 팔뚝과 부딪치면서 요란한 소리를 냈다.

팔이 부러지는 것 같아 정혜는 신음과 함께 비칠 뒤로 물러났다.

그러나 그 순간에 경운 군주는 발을 휘둘러 그녀의 종아리를 걷어찼다. 치마가 펄럭이는 가운데 그녀의 옥각(玉脚)은 흰 종아리를 드러내면서 사정없이 정혜의 종아리를 찼고 불의의 일격에 정혜는 그대로 나가떨어지고 말았다.

"앗!"

외마디 비명.

옷자락을 펄럭이면서 쓰러진 그녀.

그 모습이 변진우조차 입을 딱 벌렸다.

설마 하니 단 일 합에 결판이 나리라고는 생각지도 못했던 것이다.

"바보. 그것도 무공이라고 배운 거야?"

경운 군주는 그녀를 내려다보면서 깔깔 웃음을 터뜨렸다.

"비, 비겁하게……."

정혜는 이를 악물고서 일어났다.

걷어채인 종아리가 너무 아팠다. 부러진 것 같지는 않았지만 절룩거림까지 면할 수는 없었다.

"비겁이라고? 뭐가 비겁이지? 내가 널 속이기라도 했어?"

"무공을 모르는 것처럼 피하지를 않고 상대의 방심을 유도……."

"바보 같으니. 한심하군! 변 공자."

"예? 마, 말씀하십시오."

변진우가 당황한 모습으로 대꾸했다.

"당신도 저렇게 배웠나요? 싸움에서 상대의 사정을 봐주라고?"

"으음, 구대문파는 명문정파입니다. 반항할 힘이 없는 사람에게는 무공을 쓰지 못하도록 가르칩니다."

"아, 내가 힘이 없어 보였다는 건가요?"

"반항을 하지 않을 듯 보였으니……."

변진우가 말끝을 흐렸다.

경운 군주가 그를 보면서 깔깔 웃음을 터뜨렸기 때문이다.

"구대문파는 누가 자신을 죽여도 죽이기 전까지는 반항을 하지 못하겠군요? 나에게 무공을 가르친 아미파의 사람은 그렇게 가르치지 않았어요. 강호는 약육강식의 세계다. 일단 싸움에 들어가면 누구에게도 지지 않아야 한다. 그게 내게 가르친 사람이 한 말이에요."

"수단 방법을 가리지 않고 이긴다면 그건 사마외도지, 제대로 무공을 배웠다고 할 수 없어요!"

정혜가 이를 악물면서 말했다.

"그래? 어디 그 제대로 된 무공을 한번 볼까?"

경운 군주가 다시 깔깔 웃었다.

"……."

정혜는 입술을 깨물었다.

이대로 끝낼 수는 없었다.

저 웃음은 명백한 비웃음. 이대로 끝낸다면 사문의 위상에 누를 끼치게 될 것이었다. 소위 일대제자라는 자신이 힘도 못 쓰고 쓰러지다니…….

"누가 당신을 그렇게 가르쳤나 봐야겠군요. 아미타불……."

불호를 외면서 정혜는 바람처럼 앞으로 덮쳐 갔다.

일어설 때는 비틀거리는 것 같더니 실제로 움직이자 그 움직임은 바람과 같았다.

바람에 날리는 난꽃과 같은 손 그림자가 가득 피어났다.

이번에는 봐주지 않을 셈이었다. 공력을 잔뜩 일으켜 세찬 기세가 그 움직임에서 일었다.

경운 군주는 싸늘히 웃으며 손을 들어 정혜의 공격을 제자리에 선 채로 막아냈다. 손을 들어 휘젓는 것 같은 단순한 움직임이었지만 그 일수는 정혜가 펼치는 십이난화불혈수를 막아냈다.

파, 파파팍!

옷자락이 날리는 가운데 세찬 경기가 두 여인의 연약한 옥수가 움직이고 부딪치는 가운데 일어났다.

그러나 그것은 이내 끝이 나버렸다.

"악!"

외마디 비명과 함께 정혜가 다급히 뒤로 물러났기 때문이다.

펑!

"아악!"

다시 이어지는 비명.

정혜는 피를 뿜어내면서 나가떨어지고 말았다.

"이게 천하를 진동하는 구대문파 중 하나라는 아미파의 무공인가? 이런…… 너 정말 아미파의 제자가 맞긴 한 거야?'

경운 군주는 미간을 찡그린 채 고개를 흔들었다. 혀까지 차니 모르는 사람이 본다면 무슨 걱정이라도 해주는 것처럼 보일 지경이다.

"괜찮습니까?"

변진우가 쓰러진 정혜를 보며 미간을 찌푸렸다.

지난 몇 년간 죽을힘을 다해 고련(苦練)한 그의 무공은 그 찰나간의 상황을 알아볼 수가 있었던 것이다. 처음에는 부상을 당했음에도 정혜가 우세한 듯 보였었다. 그런데 난화불혈수로 상대의 팔을 치는 순간에 오히려 상대의 팔을 친 정혜가 비명을 지르며 뒤로 물러났고 그것이 결정적인 패착이 되었다.

조금도 여유를 주지 않고 경운 군주가 달려들면서 정혜의 가슴을 쳐 버렸던 것이다.

좀 더 정확히 말하자면 경운 군주는 정혜의 공격을 팔뚝으로 막아냄과 동시에, 마치 무슨 쇠꼬챙이라도 찌른 듯 기겁을 하고 후퇴하는 정혜의 가슴을 친 것이 상황이었다.

"이, 이게 대체……."

내상으로 인해 입에서 피를 흘리면서 정혜가 피 범벅이 된 손바닥을 보고 경악해 신음을 흘렸다.

믿을 수가 없었다.

팔뚝을 쳤다.

그런데 그 순간에 지독한 고통이 엄습하는 바람에 비명과 함께 뒤로 물러나야 했다. 대체 뭐가 어떻게 된 것인지조차 알지 못한 채로 당해

버리고 만 것이다.

"궁금해? 왜 그렇게 되었는지? 오호호호…… 너 같은 하수는 열이 있어도 아무런 소용이 없어."

경운 군주는 깔깔 웃으며 손을 들어 보였다.

호수구처럼 생긴 토시가 그녀의 손목을 감싸고 있었다.

그것은 금빛이었는데 겉보기로는 영롱하게 만들어진 장신구라서 전혀 위험할 것 같지 않았고, 더구나 정혜의 손을 저렇듯 피투성이로 만들 수 있는 물건으로는 전혀 보이지 않았다.

"일어나. 너는 아직 내가 누구에게서 무공을 배웠는지 증명하지 않았잖아?"

말과 함께 경운 군주는 앞으로 한 걸음 나섰고, 이어 가슴을 누른 채로 겨우 일어나는 정혜의 가슴을 사정없이 걷어찼다.

"악!"

설마 하니 쓰러졌다 일어나는 사람을 칠 것은 상상치도 못했던 정혜는 데굴데굴 세차게 굴러가고 말았다.

정말 상상도 할 수 없는 일이었다.

그녀의 무공은 정말 약하지 않았다.

그럼에도 거의 반항조차 하지 못하다니…….

하지만 그녀의 무공이 약한 것이 아니었다. 상대의 대응이 너무 기괴(奇怪)하였던 것이다. 제대로 무공을 발휘해 보지도 못할 만큼.

"이제 그만 하시지요. 아미의 도우는 이미 다쳤습니다."

보다 못한 변진우가 그녀의 앞을 막아섰다.

"이런, 이젠 당신이 나와 싸우겠다는 건가요?"

"그런 말이 아니라…… 으음, 그녀는 이미 반항할 힘이 없으니 더 이상 손을 씀은……."

"내가 더 손을 쓰겠다면 어쩔 건데?"

경운 군주가 피식, 웃으며 물었다.

"그, 그건……."

그녀의 물음에 변진우는 말문이 막혔다.

"당신은 내가 누군지 알아?"

경운 군주의 안색이 갑자기 서릿발처럼 변했다.

"그건……."

"난 황상의 조카예요. 경운 군주라고 부르지. 그런 나를 당신도 보았듯이 저 계집애는 능멸하려 했어요. 그건, 능지처참에 처할 사죄(死罪)에 해당하는 건 당신도 알겠죠? 감히 황족을 의심하여 능멸하려 들었으니…… 만약 당신이 말리려 든다면, 난 당신도 날 능멸하려 들었다고 황상께 알릴 텐데 그래도 말릴 건가요?"

"그, 그건……!"

변진우의 안색이 달라졌다.

황상(皇上).

천제의 아들이라는 천자의 조카라면 하늘을 나는 새라도 조심해서 피해 가야 할 터였다. 그런 그녀를 능멸하려 들었다면 설사 억지라 할지라도 이 자리에서 때려죽여도 아무런 문제가 되지 않았다.

그러고 보니 그녀의 옷차림은 민간인과 다른 궁장(宮裝)인데다 뒤에 선 시녀들조차 궁장인 듯 보였다.

"만약, 그 자리에서 움직인다면 나를 해하려는 뜻이 있는 것으로 알지. 어쩌면 나를 인질로 해서 황상을 해하려는 역모를 꾸미려는 건지도 모르니까! 깔깔깔……."

"……."

이어지는 그녀의 말에 변진우는 기가 막혔다.

난데없이 역모라니?

하지만 감히 움직일 수가 없음도 사실이었다. 만에 하나라도 정말 그렇게 죄를 뒤집어 씌운다면 큰일이었기 때문이다.

간단하게 변진우의 발을 묶은 경운 군주는 차갑게 말했다.

"계집을 일으켜 세워."

그녀의 명에 시녀 둘이 얼른 가서 정혜를 일으켜 세웠다.

머뭇거렸다가는 무슨 변을 당할지 모름을 잘 아는 까닭이다.

경운 군주는 손을 내밀어 정혜의 턱을 치켜들었다. 핏물이 흐르는 턱이지만 그녀는 상관하지 않았다.

정혜는 일그러진 얼굴로 그녀를 쏘아보았다.

"이런, 부상이 심한가? 난 늘 그게 궁금했었지. 수도승에게 무공이 왜 필요한지……. 또 평생을 두고 청등고불(青燈古佛)을 벗삼아 살 계집에게 이런 얼굴이 과연 필요한가 하고 말이야."

경운 군주는 생글생글 웃으며 말을 이었다.

짝!

갑자기 그녀는 정혜의 뺨을 세차게 후려갈겼다.

하마터면 붙잡고 있던 시녀들이 정혜를 놓칠 뻔하게 심한 타격이었다. 핏물이 입술을 비집고 튀어나갔다.

"계집에겐 얼굴이 필요하겠지만 여승에겐 쓸데없는 물건이지?"

말과 함께 그녀는 한 자루의 비수를 꺼냈다.

서릿발 같은 기운이 비수에서는 감돌고 있었다.

스치기만 해도 얼굴이 문제가 아니라 팔다리라도 쉽게 잘라 버릴 물건이었다.

비수에 스친 얼굴에서 선혈이 흘러내렸다.

설마 하니 이렇게까지 할 줄은 상상도 못했던 정혜는 놀라 전신을 틀었지만 이미 그녀의 혈도는 경운 군주가 점해 버린 다음이었다.

"겁낼 건 없어. 죽지는 않아……."

말과 함께 그녀는 비수를 휘둘렀다.

얼굴을 엉망으로 그어버릴 셈이었다.

이럴 생각까지는 아니었지만 변진우를 놀리느라 말이 엇나갔고, 그러다 보니 짜증이 나서 그냥 그어버리고 끝내려고 했다.

그런데.

"정말 악독한 심보는 그때나 지금이나 조금도 변하지 않았군!"

차가운 음성이 그녀의 귓전을 때리는 것이 아닌가!

'누가?'

난데없이 들려온 소리에 경운 군주는 깜짝 놀랐다.

머리 뒤로 무엇인가가 날아들고 있었던 것이다.

"어떤 놈이 감히!"

야멸찬 고함과 함께 그녀는 돌아서면서 비수를 휘둘렀다.

차가운 빛이 번뜩이는 가운데 날아들던 것이 몇 조각이 되어 팅겨 흩어졌다.

나뭇가지?

경운 군주의 얼굴이 일그러졌다.

바닥에 떨어진 것은 정말 서너 토막이 난 나뭇가지였다.

순간.

"……!"

뭔가를 느낀 그녀가 바람처럼 뒤로 돌아섰다.

'이게 어떻게 된 거야?'

놀란 그녀의 눈이 휘둥그레졌다.

어찌 그렇지 않을쏜가.

창백하고 당황한 얼굴로 두 시녀가 눈알을 굴리고 있었다. 그런데 그녀들이 양쪽에서 팔을 끼고 있던 정혜의 모습이 보이지 않았던 것이다.

"어떻게 된 일이냐?"

경운 군주가 노해 소리쳤다.

"저, 저 사람이……."

시녀가 귀신에 홀린 듯한 표정으로 손가락질을 했다.

변진우조차 놀란 빛으로 바라보고 있는 곳에 젊은 중 하나가 정혜를 안고 있는 것이 눈에 들어왔다. 게다가 그가 있는 곳은 경운 군주와 불과 삼 장가량 떨어졌을 뿐이었다.

그는 태연히 정혜의 혈도를 풀고는 북, 자신의 승포 소맷자락을 찢어 그녀의 피 흐르는 얼굴을 눌러주면서 물었다.

"괜찮겠소, 도우?"

"고, 고마워요."

정혜는 놀람과 고마움이 한데 뒤엉킨 빛으로 더듬거렸다.

그가 이런 자리에서 이렇게 나타날 줄이야 어찌 상상이라도 했을 것인가.

정말 뜻밖에도 일명이 나타난 것이다.

목노와의 만남 후 하루가 지난 다음이었다.

소림암종의 비전(秘殿)을 떠나온 일명이 여기에서 정혜의 봉변을 목격, 그녀를 구하게 된 것 또한 운명의 장난과 같았다.

"네놈이 감히!"

정혜를 빼간 것도 모자라 눈앞에서 보란 듯 지혈을 시키면서 아예 자신을 안중에도 두지 않는 것을 본 경운 군주가 참을 리가 없다.

대노한 그녀는 손에 들었던 비수로 일명을 공격해 갔다.

비수는 유성이 떨어지듯 놀랍도록 빠르게 일명의 등덜미를 찍었다.

"위험……!"

정혜가 일명의 등 뒤를 보고 놀라 소리치려 했다.

"여전히 악독하군."

일명은 뒤를 돌아보지도 않고 코웃음 쳤다.

그리곤 등 뒤로 손을 뒤집어 그녀의 손목을 낚아채 버렸다.

경운 군주는 분명히 그것을 보았다.

해서 손을 흔들어 비수로 일명의 손을 그어버리려고 했다.

그녀의 손에 들린 비수는 절금단옥(切金斷玉)의 이기(利器)인지라 손과 맞닥뜨리면 결과는 보나마나였다.

피할 수 없도록 그녀의 변초는 빨랐다.

하지만 그녀의 상대는 일명, 손가락 하나가 그녀의 비수가 움직이는 동로(動路)를 누르는가 싶더니 이내 그녀의 손목을 휘어잡아 버렸다. 바로 소림 금나절기인 십이금룡수(十二擒龍手) 중의 하나인 북해박룡(北海縛龍)의 일식이었다.

"이, 이……."

그녀의 얼굴이 일그러졌다.

일명의 손에 잡혀 꺾인 손목에는 여전히 비수가 들려 있었다.

그러나 그 비수는 다른 사람이 아닌 자신의 뺨에 닿아 있어 비수에서 흘러나오는 예기가 뼛골까지 느껴졌다.

"이걸로 뺨을 그으면 어떨 거 같아?"

일명이 그녀를 보면서 빙글빙글 웃으며 물었다.

경운 군주는 소름이 끼쳤다.

얼굴은 웃는데, 일명의 눈빛이 얼음처럼 차가운 것을 보았기 때문이다. 그리고 그 얼굴 윤곽과 눈빛이 어딘지 모르게 눈에 익은 것을 떠올릴 수가 있었다.

"그어줄까? 이 어여쁜 뺨에 주욱 하니 칼자국이 있다면 아주 잘 어울리겠군, 그 더러운 성질과 함께."

일명의 눈빛에서 살기가 일었다.

암종의 비전을 떠나 소림사로 들어오면서 정혜와 그녀가 다투는 것을 보게 되었었다.

어지간하면 그녀의 앞에 나서지 않았을 것이다.

그리고 또 어지간하면 정혜만을 구해서 그 자리를 떠났을 터였다. 그럴 만한 능력이 지금 현재의 그에게는 있었고 경운 군주의 눈에 띄면 머리 아플 것이 분명했으니까.

하지만 그녀의 악독함을 보자 화가 치밀어 모습을 드러냈다.

뒷일이야 말 그대로 나중 일이었다.

까짓거 아니면 말지!

말 그대로 시팔! 열받아서 그냥 못 참겠다! 라고 작정을 하고 나타난 것이다.

그때였다.

"손을 멈춰라."

일명에게 날아드는 차가운 음성.

"넌 뭐냐?"

일명이 인상을 썼다.

변진우가 다가오고 있었다.

"그분은 군주마마다. 함부로 손을 쓴다면 죽음을 면치 못할 것이니, 당장 손을 놓고 물러나거라!"

말소리에는 당당한 위엄이 서렸다.

기세를 돋우고 있으니 무리도 아니었다.

그러나 상대는 일명이었다.

"별 웃긴 놈 다 보겠군! 그러니까 뭐냐? 네놈은 네게 불리할 것 같으면 꼬리를 말았다가 떡고물이 떨어질 것 같으면 꼬리를 치는 개새끼냐? 소위 구대문파의 제자라는 놈이? 더러운 놈 같으니!"

더러운 오물이라도 보는 것 같은 일명의 표정과 말에 변진우의 얼굴이 험하게 일그러졌다.

"말이면 다 하는 줄 아느냐?"

이미 일명의 무공이 간단치 않음을 본 그였기에 창! 하는 소리와 함께 발검을 하며 달려들었다.

아니, 달려들려고 했다.

"네놈이 한 걸음만 더 그 자리에서 움직이면 이 귀한 얼굴을 그어버리겠다. 그럼 이 얼굴에 난 흉터는 네놈이 한 짓이 되겠지?"

일명의 말에 그는 감히 움직일 수가 없게 되었다.

"가, 감히!"

"그분이 뉘신 줄 알고!"

옆에서 시녀들이 부들부들 떨며 소리쳤다.

"군주라며? 공주의 딸인데도 황상의 귀여움을 받아 군주가 되어 눈에 뵈는 게 없다며?"

"그, 그걸 알고서도……."

순간, 갑자기 일명이 손을 들어 경운 군주의 뺨을 연달아 후려쳤다.

짝짝 하는 소리가 연달아 터지면서 경운 군주의 입에서 핏물이 터져 나왔다.

복숭아 빛 뺨은 삽시간에 손자국으로 시뻘겋게 부풀어 올랐다.

시녀들의 얼굴이 사색이 되었다.

"네, 네놈이 가, 감히 나를……."

사색이 된 경운 군주가 사납게 일명을 쏘아보았다.

그때만 해도 그녀는 아직 일명을 알아보지 못하고 있었다.

"아직도 모자란 모양이군? 이건 정신 차리라고 주는 선물이라네, 아미타불!"

말과 함께 일명은 경운 군주의 뺨을 사정없이 후려쳤다.

"악!"

경운 군주는 비명과 함께 시녀들에게 날아가 함께 나뒹굴고 말았다.

"시팔, 군주만 아니었어도……."

중얼거리던 일명은 슬쩍 옆으로 몸을 틀었다.

사나운 검광이 소리도 없이 일명이 서 있던 자리를 무찌르고 들어왔다.

"그래, 여전히 교활하구나. 변 세째!"

일명은 헛손질을 하고는 놀라 변초(變招)하려는 변진우를 보면서 웃었다.

말보다 웃음보다 빠른 건 일명의 손.

일명은 손가락으로 변진우의 검을 튕겼다.

땅!

세찬 진동과 함께 변진우는 검세를 변화시키기는커녕, 하마터면 검을 놓칠 뻔했다.

"컥!"

하지만 그 순간에 그의 배에 틀어박히는 일명의 주먹.

숨이 끊어지는 것 같았다.

딱 벌린 입으로 변진우는 그대로 주저앉아야 했고, 일명이 멱살을 틀어쥐는 바람에 변진우는 주저앉지도 못하고 엉거주춤 일명의 손에 매달려야만 했다.

"긴가민가했는데 하는 짓거리를 보니 네놈이 맞구나, 변 세째."

"너, 너는 누구기에 나를 알고 있⋯⋯?"

의아한 빛이던 변진우의 안색이 갑자기 달라졌다.

그 얼굴이 눈에 익었던 것이다.

설마⋯⋯.

"기억나지 않아? 개봉에서 네 녀석을 개 패듯 팬 내가?"

뒤이은 일명의 말에 그의 눈이 커다래졌다.

"서, 설마 네놈이 개봉의 그⋯⋯."

"이제 기억나냐? 이 더러운 놈아!"

동시에 일명의 주먹이 그의 얼굴을 쳤다.

콰작!

"크악!"

비명과 함께 변진우가 나뭇등걸처럼 훌쩍 나가떨어졌다.

핏물이 궤적을 그리며 그를 따라 그어졌다. 분명히 코가 어떻게 되었으리라.

“대가리를 부숴놓지 않은 걸 다행으로 알아라. 치사한 놈…….”

일명이 데굴데굴 굴러가 세차게 널브러지는 변진우를 보면서 코웃음 쳤다.

그때였다.

“네 이 노옴!”

노기탱천한 소리와 함께 한 사람이 무섭게 날아들었다.

그것과 함께 요란한 소리와 호통이 여기저기서 들리며 수십 명의 사람들이 모습을 드러냈다.

“젠장! 너무 오래 있었네.”

일명은 혀를 찼다.

동시에 그는 신형을 날려 정혜를 꿰차는가 싶더니 그 자리에서 사라져 버렸다.

놀라운 신법이었다.

“저놈을 잡아라!”

처음 나타난 사람, 노파가 일명이 사라진 쪽을 손가락질하면서 고함쳤다.

그녀의 명에 함께 나타난 위사들이 놀란 메뚜기처럼 일명이 사라진 쪽으로 신형을 날렸다.

노파는 시녀의 부축을 받는 경운 군주의 앞에 가서 다급히 물었다.

“괜찮으십니까?”

“지금 내가 괜찮아 보여어—엇?”

경운 군주가 일그러진 얼굴로 악을 썼다.

그녀의 얼굴은 시뻘겋게 퉁퉁 부어 있었다. 기세당당하던 모습에 비한다면 참혹할 정도였다. 입술도 찢어져 피가 줄줄 흘렀다.

"이, 이런 찢어 죽일 놈이 감히 어느 분의 얼굴을……."

노파는 너무 어이가 없어서 말을 잇지 못했다.

성질이 더러워서 그렇지, 이 군주의 무공은 제법 고강하여 그녀조차
도 단숨에 제압하기는 쉽지 않았다.

그런데 이 모양이라니…….

"잡아!"

경운 군주가 이를 갈았다.

"무슨 수를 쓰더라도 잡아와. 그놈의 뼈를 갈아 짐승의 먹이로 주고
말 거야!"

그녀의 눈빛이 무섭게 이글거렸다.

하지만 그 안쪽으로 더 무섭게 일그러진 것은 그녀의 얼굴. 이를 갈
아붙이자 턱에서부터 이까지 안 아픈 곳이 없었다. 남의 눈만 아니면
턱을 움켜잡고 울음을 터뜨리고 싶을 정도였다.

정말……

진심으로 사람을 죽이고 싶은 것은 이번이 처음이었다.

저 개자식을 죽여 살점을 발라내지 않으면 내가 사람이 아니다……

장난이 아닌 진심이었다.

第五章
쫓김은 시작되고…….

첫째 마당

"괜찮겠어요?"

일명이 물었다.

정혜를 내려놓은 곳은 그들이 있던 곳에서 앞으로 내달려 지객당의 후면이었다. 잣나무 어둠 사이로 지객당의 모습이 어른거렸다.

"고마워요. 덕분에…… 그런데 그…… 분이 정말 군주라면 복잡한 일이 생길 텐데……."

걱정스러운 정혜의 얼굴.

일명은 씩, 웃었다.

"미친개가 물려고 달려들면 피하면 그만이죠 뭐. 걱정 말고 어서 가서 조라나 해요, 많이 다친 것 같은데."

"폐를 끼쳤네요. 어떻게 보답을 해야 할지……."

그 말에 일명은 그녀에게 웃어 보였다.

"보답은 무슨. 우린 친구였잖아요?"

장난스러운 그 얼굴.

정혜는 일명의 그 얼굴이 지금 이 순간, 세상에서 가장 믿음직해 보였다.

순간 일명은 정색을 했다.

"밖으로 나돌지 말아요. 그 군주란 계집애의 성질은 정말 더러워서 무슨 해코지를 할지 모르니까."

"정말 고마워요. 쿨룩……."

그녀의 입에서 밭은기침이 새어 나왔다.

입을 가린 손에서도 핏물이 뚝뚝 떨어지고 있었다.

"정말 악독한 계집…… 개차반 성질이로군……."

경운 군주가 한 짓에 일명은 다시금 혀를 찼다.

"……."

불현듯 일명은 말문이 막혔다.

눈앞에서 눈빛을 일렁이면서 자신을 바라보는 정혜의 얼굴, 그 모습이 가슴 떨리게 아름다웠기 때문이다.

어색한 침묵이 갑자기 찾아왔다.

"이런 말…… 하면 안 되겠지만, 딱 한 번만 안아봐도 될까요?"

문득 튀어나온 일명의 말.

"무, 무슨 그런?"

정혜가 눈을 크게 떴다.

일명이 대답도 기다리지 않고 그녀를 덥석 끌어안았기 때문이다.

"욕하진 말아요. 그냥 딱 한 번만."

음, 좋은 냄새다…….

일명이 코를 벌름거릴 때, 그의 가슴에 이마를 댄 채로 놀란 듯 잠시 묵묵히 있던 그녀가 문득 웃었다.

"음흉한 사미로군요?"

"하하, 음흉하진 않죠. 순수하고 솔직할 뿐이지……. 도우가 너무 예쁜 게 잘못이라오. 아마 그 군주가 그렇게 설친 건 도우가 저보다 예쁜 걸 질투해서 그런 걸 거예요. 이 고운 얼굴에 상처를 내다니……."

그녀의 얼굴을 본 일명이 인상을 썼다.

지금쯤 그 성질 더러운 군주가 길길이 뛰면서 자신을 찾으리라.

상황을 깨닫자 문득 다급해진 그는 그녀의 귀에다 갈게요, 라고 속삭이고는 한 걸음 물러나 손을 흔들어 보이곤 등을 돌렸다.

"조심해요."

그의 등 뒤에서 정혜의 부드러운 말소리가 들려왔다.

"걱정 말아요."

순간.

"거기 누구냐?"

호통과 함께 한 사람이 날아들었다.

정혜는 깜짝 놀랐지만 놀랍게도 그 찰나간에 일명의 모습은 보이지 않았다.

'대단하네…….'

다시 한 번 놀란 그녀는 문득 가슴이 지독하게 아파옴을 느꼈다. 경운 군주에게 채인 가슴팍은 아무래도 갈비뼈가 부러진 것 같았다. 그런 사람을 꽉 끌어안았으니.

'아흑…… 너무 세게 안았어. 바보 녀석 같으니! 살살 안아야지 무슨 포옹이 그 모양이람? 쿨룩쿨룩!'

너무도 어이없는 생각을 하면서 가슴을 누른 채 헐떡거리는 그녀의 앞에 나타난 것은 정수 사태.

"넌?"

그녀를 발견한 정수 사태의 입이 절로 벌어졌다.

*　　　*　　　*

…….

무거운 침묵이 아미파의 거처에 돌고 있었다.

너무도 난데없는 일, 정혜가 참혹한 모습으로 피투성이가 되어 돌아왔으니 무리도 아니었다.

정혜는 눈을 꼭 감은 채로 죽은 듯 누워 있었다.

"대체 얼마나 말썽을 피워야 될 것이냐? 그처럼 자중하라 했는데, 그새를 못 참고 밖으로 나갔더란 말이냐? 게다가, 나가서 이처럼 엉망이 되어 오다니! 네가 사문의 이름에 먹칠을 하려고 작정을 한 거냐?"

누운 정혜를 향해 정수 사태는 노해서 꾸짖었다.

"……."

묵묵부답.

정혜는 입을 열지 않았다.

눈꼬리가 파르르 떨리고 있음은 그녀가 잠들거나 정신을 잃은 것은 아님을 말하고 있다. 하지만 감히 입을 열 수도, 눈을 뜰 수도 없는 것이 지금 그녀의 처지였다.

무슨 낯으로 뭐라고 말을 할 것인가.

오죽하면 늘 그녀를 감싸주던 정수 사태마저 그녀를 꾸짖겠는가?

입이 백 개라도 할 말이 없었다.

"그만 해두거라."

"사부님."

"그만 해두라고 하지 않느냐."

"예."

정수 사태는 복호 신니에게 고개를 숙였다.

하늘에는 어느새 어둠이 가득하다.

은가루를 뿌린 듯 빛나는 별들. 한쪽 켠에서 검은 구름들이 꾸물거리는 모습이 보이긴 했지만 맑은 밤하늘이었다.

그 하늘을 바라보면서 복호 신니는 조용히 염주를 굴렸다.

"뭐라 드릴 말씀이 없습니다."

정수 사태가 복호 신니의 뒤에 와서 말했다.

"네 잘못이 아니다. 정혜의 원래 성품이 활달하여 그러한 것이니, 이번 일로 깨달은 바가 있겠지. 갈비뼈가 부러지고 내상까지 입은 데다 손까지 그 모양…… 한참 요양을 해야겠구나."

"참으로 독한 손속입니다. 어찌하여 군주라는 사람이 그처럼 악독한……."

"윗분들이야 아랫사람들을 사람으로 보지 않는 것이 다반사. 그러한 환경에서 자랐으니 눈에 거슬리는 사람을 죽이는 것이야 그리 어렵지 않게 생각했겠지."

"어찌하실런지요?"

"손을 쓸 방도가 있느냐?"

"예?"

"상대는 군주다. 더구나 어린 군주. 그녀의 뒤에는 나는 새도 떨어뜨린다는 화경 공주마마까지. 우리가 뭘 할 수 있겠느냐? 아미파의 기업을 걸고라면 몰라도……."

"그럼 이대로 당하고 만단 말씀입니까?"

"가서 싸움이라도 걸겠다는 게냐?"

"……."

돌아보는 복호 신니의 물음에 정수 사태는 입을 다물었다.

정말 그러했다.

마음 같아서는 쫓아가서 물고를 내고 싶었지만 실제로 상대는 위세가 등등한 황족이다.

그것도 직계.

자칫하면 아미파 전체에 문제가 생길 수도 있었다.

소림사에서도 난감하기 이를 데 없는 눈치가 역력해 보였다.

게다가 지금은 개 패듯 군주를 팬 일명 때문에 공동파에 이어 소림사가 발칵 뒤집힌 참이었다. 뭐라고 하기도 어려운 상태.

"그나저나 정혜의 본신무공이 그리 가볍지는 아니한데 아무리 기습을 했다 할지라도 대단하구나. 범상한 자질이 아니다."

"그 아이가 경험이 없어서 그렇지, 제대로 싸우면 결코 지금과 같은 결과가 나오지는 아니 할 것입니다."

"그럴까?"

복호 신니는 고개를 저었다.

"실전을 겪어본 솜씨다. 과감하고 단호해. 사람의 생명 따윈 우습게 보지 않으면 하지 못할……. 결국 비슷하다면 정혜가 결코 이길 수 없는 상대란 이야기다. 그나마 이겨서도 안 되겠지만."

그 말을 끝으로 복호 신니가 입을 닫았다.

차고 냉정한 그녀다웠다.

펄펄 뛸 줄 알았더니 그대로 참아버린다.

정수 사태를 등 뒤로 둔 복호 신니는 묵묵히 밤하늘을 우러렀다.

예의 무표정한 것 같은 그 얼굴로.

하지만 그 눈빛은 복잡하게 일렁이고 있었다.

'나무아미타불 관세음보살…… 나무아미타불…….'

그녀는 길게 불호를 외웠다.

*   *   *

지객당 선방.

이곳은 종남파의 숙소였다.

선방은 대체로 나무 침상들이 놓여 침식을 하는 좁은 곳이지만, 지객당의 선방에는 일반 사가의 접객청 같은 곳이 있다.

변진우는 거기에 고개를 숙인 채 무릎을 꿇고 있었다.

종남파의 장로이자 변진우의 사부인 현청 진인은 짙게 드리운 백미를 찌푸린 채 탁자에 앉아 변진우를 내려다보았다.

"아미파의 제자가 그 지경이 되도록 너는 보고만 있었고 소림의 제자가 그 아이를 구하자 나서서 군주를 두둔하다가 이 모양이 되었다니, 그게 말이나 되느냐?"

"……."

"게다가 나의 적전제자가, 아무리 소림사라고 하나, 일개 불목하니의 손에 이 모양이 되고 돌아온단 말이냐!"

생각할수록 화가 치미는지 현청 진인은 탁자를 쳤다.

그때 변진우가 고개를 쳐들었다.

엉망이 된 얼굴이 드러났다.

코가 주저앉아서 뭔가를 발라두었는데 퉁퉁 부어 눈물나게 쑤시고 아플 것이 분명했다. 하지만 그 눈에서는 새파란 불이 쏟아져 나오는 것 같았다.

"제가 여쭙고 싶은 말이 그겁니다."

"뭐라고?"

"제자는 본산(本山)에 든 이후, 밤잠을 잊고 무공 수련에 몰두했었습니다. 그런 제자를 일러 사부님께서는 진전이 빠르다고 칭찬을 하셨었고 본산 후기지수 중의 하나가 되었습니다. 그런데……."

변진우의 얼굴이 일그러졌다.

"소림사의 불목하니라는 놈 하나를 이기지 못했습니다. 아니, 아예 상대가 되지 못했습니다. 우리 종남의 무공이 그처럼 약합니까?"

"뭐, 뭣이라?"

현청 진인의 입이 딱 벌어졌다.

감히 자신에게 대드는 표정이라니…….

그는 종남파의 장로 중 한 사람이었다.

그리고 변진우는 그가 자랑하는 제자로서 총망받는 종남의 후기지수 중 하나였다. 재질이 뛰어난 제자를 사랑하지 않을 사부가 어디 있을 것인가. 그는 평소 변진우를 매우 총애했고 그렇기에 굳이 이곳까지 데려오기도 했었다.

그런데…….

"네가 감히 나에게 따지자는 것이냐?"

"그게 아닙니다. 제자는 납득이 되지 않습니다. 아무리 천하공부 출소림이라는 소리가 있다고 하나, 우리 종남 또한 도가무공의 정점(頂點)을 이룬 구대문파의 하나입니다. 그런데 어찌 불목하니 따위가 적전제자인 저를 그처럼 참혹하게 만들 수가 있는지 제자는 납득이 가질 않는다는 이야기입니다."

"그건……."

납득이 가지 않기는 현청 진인도 마찬가지였다.

아무리 소림사가 와호장룡(臥虎藏龍), 범이 엎드리고 용이 숨어 있는 곳이라고 할지라도 그럴 수는 없지 않은가.

"그 아이의 말도 일리가 있지."

종남파의 장문인 현도 진인이 말했다.

"나 또한 믿기지가 않으니 말이야. 소림사의 불목하니가 그 아이를 이기다니. 자네는 그럴 수가 있다고 생각하나? 더구나 진우보다 더 어리다면서?"

"무량수불…… 소제도 의아하긴 하지만……."

그 앞에 선 채로 현청 진인은 난감한 빛으로 중얼거렸다.

"뭔가 우리가 모르는 무엇이 있는 거겠지. 단순히 불목하니가 아니라…… 단순한 불목하니를 소림사의 장문인이 알고 있을 리가 없지 않겠나?"

군주가 일개 불목하니에게 뺨을 얻어맞았다.

그런 일이 그냥 넘어갈 수 있을 리가 없었다. 난리가 났고 소림사가 발칵 뒤집혔다. 당시 심혜 상인의 그 난감한 표정에서 현도 진인은 그가 불목하니를 알고 있음을 알 수 있었다.

현도 진인은 선방의 열어놓은 창밖으로 보이는 검푸른 밤하늘을 보면서 나직이 신음을 흘렸다.

"천기가 자꾸 어지러워지고 있네. 소림사에 온 것은 회의를 하기 위함도 있지만 대체 어떤 일이 생기려고 천기가 소림사 주변에서 요동치고 있는지 알아보기 위함도 있었네. 나는…… 아무래도 이번 일이 단순히 백존회의 준동인 것만 같지가 않단 말일세."

마지막 말은 혼잣말과 같아 아주 낮았다.

그러나 그의 뒤에 서 있던 현청 진인은 충분히 알아들을 수 있는 능력을 지녔다.

그의 노안에 기이한 빛이 흘러갔다.

그의 사형 현도 진인은 무공 방면으로는 종남제일이 아니었다.

그러나 성품이나 도력(道力)은 자신이 따를 바가 아님을 그는 잘 알고 있었다. 천기를 살필 수 있는 능력 또한 감탄할 정도였다. 그런 그가 하는 말이니 범상할 리가 없는 것이다.

하지만 그는 아무 말도 하지 않았다.

"이럴 수는 없어!"

변진우는 어둠에 잠긴 선방에 홀로 쭈그리고 앉은 채로 이를 갈았다.

이를 갈면 턱이 떨어져 나가는 것 같고 얼굴 전체가 아팠다. 하지만 그는 이를 갈고 또 갈았다. 원독(怨毒)의 눈빛이 줄기줄기 쏟아져 나왔다, 어둠조차 몸서리를 칠 정도로.

문을 닫은 선방은 자신의 손가락조차 보기 힘들게 어두웠다.

그 어둠 속에서 변진우의 눈빛은 시퍼렇게 이글거리고 있었다.

절치부심(切齒腐心)!

이제는 강호에 나가도 그 이름을 날릴 수 있을 것이라고 자부했었다. 그런데 이제 와서 상대로조차 생각하지 않았던 그 비렁뱅이 꼬마놈이 자신을 이렇게 만들다니!

"어떤, 어떤 수를 써서라도…… 이대로 끝내지는 않겠다!"

이젠 일명이라고 했나?

이죽거리는 그놈의 중대가리를 반드시 부숴놓고야 말겠다.

라고 변진우는 다짐하고 또 했다.

명에 의해서는 변진우는 내일 아침 날이 밝는 대로 종남산으로 돌아가야 했다. 오늘의 일로 인해 차후 무슨 일이 벌어지게 될런지는 아직은 아무도 모르는 일이었다.

*   *   *

"내가 무슨 잘못을 했다고 그래요?"

경운 군주는 눈을 치켜뜬 채로 소리쳤다.

동그란 눈에서는 표독한 살기가 철철 넘쳤다.

"닥치지 못할까! 네가 쓸데없이 도발하지 않았다면 어찌 여승이 그 모양이 되었을 것이며 그 중놈이 감히 네게 대들었을 것이란 말이냐?"

화경 공주가 그녀를 꾸짖었다.

아미를 치켜 올린 그녀의 모습은 싸늘히 굳어 얼음 가루가 풀풀 날리는 것 같았다.

정말 화가 난 것 같았다.

"엄마는 딸보다 중놈들의 말을 더 믿어요?"

그래도 지지 않고 경운 군주는 발을 구르면서 악을 썼다. 성질을 이기지 못해 얼굴이 새빨갛게 변해 있었다.

"그 꼬마 중놈이 지난번에 날 골탕먹였던 그 중놈이잖아요! 그것만 봐도 알 수가 있잖아요? 그 죽일 놈이 그 일로 원한을 품고 날 찾아 복수를 하려고 했던 거란 말이에요! 감히! 가암히!!"

마지막 말은 점점 커져 찢어지는 듯 날카로웠다.

그 모습을 보면서 화경 공주는 한숨을 내쉬었다.

"넌 도대체 어떻게 된 애가, 곧 시집을 가야 할 애의 성질이 이 모양이라니…… 이래서야 널 위해 소림사에 온 보람이 어디 있단 말이냐? 이번에 소림사에 온 것이 네 동생 아환(兒晥)이 일도 있지만 네 앞길에 대한 축원이 큰 목적이었는데……."

"그만둬요! 그놈을 잡아 갈기갈기 능지처참을 하지 않는 한은 아무 일도 안 해요! 아무것도! 절대로!"

바락바락 악을 쓴 경운 군주는 문을 박차고 나가 버렸다.

선방의 문이 반쯤 떨어져 덜렁거렸다.

"……."

화경 공주는 어이가 없어 입을 벌린 채 경운 군주가 사라진 어둠을 바라보았다.

"도대체 저놈의 성질이 누굴 닮아 저 모양인지…… 모모, 어서 따라가 봐."

"예, 공주님."

어디서 나타났는지 예의 노파가 나타나 허리를 굽혔다.

"일을 처리하려면 제대로 해야 하니 놈을 반드시 잡아 입막음을 하도록 해야 할 거야. 무슨 수를 써서라도!"

그녀의 얼굴은 단호했다.

군주는 곧 시집을 가야 했다.

밖으로 이런 일이 새어나가서 좋을 일은 어디에도 없었고 혼담이 오가는 곳과는 세상이 알지 못하는 일이 있어 조금이라도 차질이 발생하게 둘 수는 없는 일이었다.

하지만…….

둘째 마당

일광은 불목하니였다.

하지만 실제로는 불목하니가 아니었다.

소림사에는 그런 일이 종종 있었다.

그 옛날 홍건적이 소림사에 침입하여 위기가 닥쳤을 때, 향적주(부엌)의 공양승 한 사람이 문득 뛰쳐나와 신곤(神棍)을 휘둘러 그들을 물리쳐 세상의 놀람을 샀다.

라는 기록이 숭산조정대소림사(嵩山祖庭大少林寺) 나라연신시적비(那羅延神示跡碑)에 남아 있음은 소림사 내부에 모습을 드러내지 않은 기인들이 적지 않았음을 증거한다.

하여 한 번씩 자신의 재주를 드러낸 적이 있거나 그런 사람을 조사하여 직책을 조정하는데, 일광이 의도하지 않았지만 그의 도끼질을 본 달마전에서 일광을 달마전으로 데려가려 했었다.

하지만 일광이 그대로 남아 있기를 원하여 계속 나무를 하면서 지낼 따름이기에 그의 신분은 불목하니이면서도 불목하니가 아닌 것이다.

"……."

일광은 어둠 속에서 천천히 몸을 일으켜 앉았다.

이곳은 불목하니들의 거처. 일광의 방이었다.

어둠 속,

한 사람이 우뚝 서 그를 보고 있었다.

"노사께서는 가셨느냐?"

침상 앞에 선 사람, 일명에게 그가 물었다.

"……."

일명은 말없이 고개를 끄덕였다.

"바보 같은 노인네. 하필이면 너 같은 놈에게 모든 걸 맡기고 가다니……."

일명이 낮게 웃었다.

"왜? 질투나?"

일광은 한숨을 쉬었다.

"한심해서 그런다. 의발을 물려받은 첫날부터 말썽이라니……."

"들었어?"

일명이 피식, 웃었다.

"널 찾아 소림사가 발칵 뒤집어졌는데, 그걸 모른단 말이냐? 발각되지 않고 여길 들어온 걸 보니 성취가 있긴 했던 모양이지만……."

난감한 표정으로 일광은 말끝을 흐리다가 정색을 했다.

"어떻게 할 작정이냐? 경승들이 널 찾아다니고, 대내위사들이 눈에 불을 켠 채로 뒤지고 다니는 모양인데."

일명에게서 흘러나온 것은 대답 대신 물음.

"암종에는 어떤 사람들이 있는 거야?"

"암종(暗宗)은 암종이다. 세(勢)가 강성한 것도 사람이 많은 것도 아니다. 굳이 말하자면 두어 명이 다야."

"겨우?"

일명은 어이가 없다는 빛이 되어 그를 보았다.

"그럼 더 이상 뭘 바라는 거냐? 평생을 통해 한 번 일어날지도 모르는 일 때문에 아무것도 하지 못하고 나무나 하고 청소나 하는 자들이 바글바글할 걸로 생각했더냐? 그건 바보 짓이지."

"한심하군. 뭐, 어차피 마찬가지겠지만…… 내가 없는 동안 잘 부탁해."

일광의 안색이 달라졌다.

"무슨 소리냐? 없는 동안이라니?"

"그 성질머리 더러운 계집애가 날 그냥 두려고 할 것 같아? 여기 머물러 있으면 다들 머리 아프겠지."

"떠나겠단 말이냐?"

"봐서."

말을 하던 일명이 갑자기 미간을 찡그렸다.

"이런! 벌써 찾아왔단 말인가? 어떻게 벌써?"

그 말에 일광은 선방의 문 쪽을 바라보았다.

일명은 문이 아니라 선방의 창문으로 고개를 돌렸다.

빼꼼.

기이하게 생긴 것이 창문으로 고개를 디밀고 있지 않은가.

창문으로 고개를 내밀고서 눈을 깜박이는 그것은 얼핏 작은 족제비처럼 보였다. 눈을 덮어쓴 듯이 전신이 희디흰 놈은 영롱한 눈빛으로 일명을 바라보고 있는데, 까만 코끝을 연신 쫑긋거리고 있어 무슨 냄새를 맡는 것처럼 보이기도 했다.

그 순간.

"설아(雪兒)가 저기로 들어갔어! 저기가 어디지?"

날카로운 외침이 들려왔다.

"이런, 정말 찾아왔네!"

일명이 난감한 빛으로 중얼거렸다.

그 외침이 경운 군주의 것임을 알았기 때문이다.

어둠.

불목하니들의 거처인 이곳, 한적하기만 하던 이 낡은 선방 세 채. 그 주위는 수십 명의 위사들과 경승들에 의해 둘러싸였다.

문 쪽에 좌우로 늘어선 위사들.

쾅!

위사가 문을 박차고 달려들어 갔다.

"꼼짝……!"

외침은 끝까지 가지 못했다.

달려들어 갔던 위사 둘이 들어갈 때보다 더 빨리 팅겨져 나왔던 것이다.

그리고는 그 뒤를 따라 나온 인영 하나.

인영은 놀란 위사들이 채 공격을 하기도 전에 그들의 머리 위로 떠올랐다.

승포를 펄럭이면서 훌쩍 선방의 지붕 위로 오른 인영은 어느새 지붕 위에서 기다렸다가 창을 찔러오는 위사들의 창대를 장난하듯이 발로 차고는 바람처럼 선방의 뒤에 있는 숲 속으로 사라져 버렸다.

뭔가가 번쩍 하는 것 같더니 일어난 순간적인 일이었다.

너무 어이가 없어서 창을 찔러냈던 위사가 입을 딱 벌렸다.

"쫓아! 뭘 하고 있는 거야!"

찢어지는 외침에 위사들이 메뚜기 떼처럼 분분히 날아올랐다.

"바보 같은 놈들, 저 뒤 숲은 어디로 통하느냐?"

경운 군주가 발을 구르며 소리쳤다.

"태실봉 쪽으로…… 윽!"

철썩 하는 소리에 대답하던 일경은 뺨을 감싸 쥐었다.

눈에서 불이 튀는 것 같았다.

얼마나 세가 맞았는지 하마터면 튕겨져 나갈 뻔했다.

"네놈이 이미 이곳을 수색했다고 하더니, 감히 나를 속이다니!"

말과 함께 경운 군주는 땅을 박차고 신형을 날려 숲으로 날아갔다.

그 뒤에 있던 노파가 짚고 선 괴장으로 콱, 땅을 짚고는 경운 군주의 뒤를 따랐다.

'으으, 이게 무슨 난리냐…… 저 망할 녀석 때문에!'

뺨을 감싸 쥔 일경은 일그러진 얼굴로 한숨을 내쉬었다.

일명이 사라진 숲은 어둠 속에 잠겨 괴괴하기만 했다.

"어디로 간 거야?"

경운 군주가 주위를 돌아보면서 소리쳤다.

일명의 뒤를 따라 숲으로 들어온 위사들은 사방으로 흩어져 수색 중이었다. 금방 잡을 수 있을 것 같았는데 숲은 깊고 어둠은 더 깊어 보이지가 않았던 것이다.

"결코 빠져나가지 못할 것입니다!"

위사 중 백호(百戶)가 허리를 굽히고는 앞으로 달려갔다.

그의 신호에 따라 위사들이 소리로 신호하는 것이 여기저기에서 들려왔다.

"설아를 불러보세요."

뒤따라온 노파가 말했다.

"설아, 어디 있니?"

그녀가 소리쳤다.

하지만 어디선가 딸랑거리는 소리가 들리는 것 같은데 그녀의 부름에도 설아는 나타나지 않았다.

설아라는 동물은, 얼핏 보기에는 고양이와 같이 생겼다.

그러나 서역(西域)에서 진상된 설아는 삵쾡이의 일종이었다. 날렵하고 사나워 호랑이라도 상대할 수 있을 정도였고, 냄새를 맡으면 백 리 밖의 것도 찾아갈 수가 있었다.

일명을 찾아온 것은 전적으로 설아의 공이었다.

그런데 그녀가 불러도 딸랑거리는 소리만 들려올 뿐, 설아는 돌아오지 않았다. 게다가 그 딸랑거리는 소리는 빠르게 멀어지고 있었다. 그 딸랑이는 소리는 설아의 목에 걸린 작은 방울.

"놈이 도망가고 있어!"

경운 군주가 발을 구르더니 몸을 날렸다.

"마마!"

그녀를 노파가 잡았다.

"숲이 깊어서 위험합니다. 위사들에게 맡겨두세요."

"밥통들이 어떻게 할 줄 알고? 놈을 반드시 내 손으로 잡아 능지처참하는 것을 보고 말 거야!"

경운 군주가 소매를 뿌리치고는 어둠 속으로 몸을 날렸다.

한숨을 내쉰 노파는 그 뒤를 따를 수밖에 없었다.

숲 속은 당연히 어두웠다.

노파의 무공은 높고 깊어 금방 경운 군주를 따라잡을 수가 있었다.

"군주마마!"

숲으로 들어선 노파가 주위를 돌아보면서 다급히 소리쳤다.

아주 찰나간이었다.

그런데, 보이지가 않았다.

앞서 숲으로 들어선 경운 군주의 모습이 순식간에 사라져 버렸다. 마치 깊은 바다에 바늘이 빠진 것처럼 흔적조차 없었다.

"군주마마!"

그녀는 발을 구르며 공력을 돋워 소리쳤다.

귀머거리라도 들을 수 있는 소리였다. 설사 십 리 밖에서라도.

"무슨 일입니까?"

놀란 위사들이 달려왔다.

"군주마마께서 사라지셨다! 빨리 찾아라!"

노파가 다급하게 소리치고는 공력을 돋워 사방을 살폈다.

그녀의 무공은 매우 깊어 십 장 밖의 바늘 떨어지는 소리까지 들을 수 있었는데도 아무런 기척도 느껴지지 않았다.

그녀와 군주가 떨어진 시간은 거의 찰나와도 같았다.

그런데…….

第六章
광승(狂僧)의 내력

첫째 마당

"네, 네놈이……."

경운 군주는 놀라 더듬거렸다.

눈앞에 일명이 있었다.

빙글빙글 웃으면서.

숲으로 들어서자마자 전신의 공력을 있는 대로 다 끌어올렸다. 그녀의 무공은 세상이 알고 있는 것보다 더 높았다.

아직 그 이유는 누구도 알지 못하지만.

설아의 방울 소리를 따라 달린 그녀는 어둠 속에서 펄럭이는 승포를 보고는 죽을힘을 다해 달렸다.

뒤에서 모모가 부르는 소리도 들었지만 어물쩡거리다가는 그사이에 놈을 놓치고 말 것만 같았다. 앞에서 달리고 있는 놈의 속도가 너무 빨랐기 때문이다.

해서 무섭게 땅을 박차고 놈을 따르기만 했다.

놈을 따라잡은 곳은 길도 없는 숲을 뚫고 한참을 달린 다음이었다. 비탈을 오르기도 했고 바위를 뛰어넘기도 했다. 그렇게 한참을 달려 나타난 곳이 바로 지금의 공터.

야트막한 들풀들이 바닥에 깔린, 그 공터의 사방으로는 울창한 나무들이 하늘을 가리며 치솟아 시야를 가렸다.

검푸른 하늘에는 달 하나가 외로이 걸려 교교(皎皎)했다.

그 달빛을 받으며 놈이 서 있었다.

그것도 도망하는 것이 아니라 팔짱을 낀 채로, 커다란 잣나무에 등을 기댄 채로 빙글빙글 웃으며 서 있었던 것이다.

그 얼굴을 보자 화가 폭발했다. 짓이겨 버리고 싶었다.

해서 그녀는 일명을 발견하자마자 사납게 달려들었다.

그가 자신의 앞을 막아서자 그녀는 암중에 소매를 흔들어 몇 매의 침을 발사했었다. 금사신침(金絲神針)이라고 불리는 그것은 그녀가 손목에 찬 영롱비(玲瓏臂)에서 기관으로 발사되는 것으로 몇 장 내에서는 호신강기까지 파괴하는 무서운 것이었다.

그리고는 피하려는 일명을 공격하기 위해서 다른 손에 들린 비수, 단옥비(斷玉匕)까지 휘둘렀다.

저번에는 실수를 했지만 이번에는…… 이라고 이를 악문 다음.

그런데 놀랍게도 일명은 날아드는 금사신침을 피하지 않았다.

피피픽!

날아간 금사신침.

호신강기까지 뚫고 들어간다는 금사신침은 사정없이 일명의 승포를 뚫고 틀어박혔다.

그 일명의 눈앞에 경운 군주의 단옥비가 쇄도했다.

하지만 단옥비는 일명의 코앞에서 멈추어 버렸다. 그녀의 손목을 일명이 움켜잡았기 때문이다. 손목을 비틀었지만 강철 집게가 물기라도 한 듯 꼼짝도 할 수가 없었다. 게다가 일명이 힘을 주자 완맥이 저리면서 전신의 힘이 쭉 빠져 버리고 말았다.

툭.

단옥비가 힘을 잃은 손에서 땅으로 떨어졌다.

"금사신침에 맞았는데 어찌⋯⋯."

믿기지 않는 일에 신음을 흘리던 그녀의 눈이 커졌다.

일명이 픽 웃으며 승포에 꽂힌 금침을 털어버렸던 것이다.

옷에만 꽂혔지, 정작 금사신침이 일명에게는 아무런 위해도 가하지 못한 것을 보자 경운 군주는 눈을 부릅뜰 수밖에 없었다.

"마, 말도 안 되는⋯⋯."

"나를 쫓아와서 뭘 하려는 거죠? 군주마마?"

"천한 놈이 감히, 당장 저리 비키지 못해엣— 앗?"

일명이 웃는 얼굴을 그녀의 눈앞으로 들이대자 노해 소리치던 경운 군주가 놀라 경호성을 터뜨렸다.

힘껏 손을 잡아채는데 손을 놓아버리는 바람에 중심을 잃고 뒤로 털썩, 주저앉아 버렸기 때문이다.

"내가 너에게 뭘 잘못했지?"

일명이 그녀를 내려다보며 말했다.

"네, 네가라고?"

일명의 하대에 경운 군주의 입이 딱 벌어졌다.

"그래, 너."

말과 함께 경운 군주는 눈까지 부릅떠야 했다.

격노해 벌떡 일어난 그녀, 일명을 치려는 그녀의 배에 일명의 주먹이 사정없이 틀어박혔던 것이다.

눈앞이 노래졌다.

이렇게 사정을 보지 않는 주먹에 언제 맞아보았을 것인가. 절로 입이 딱 벌어지고 구역질이 치밀었다.

"아미타불…… 같은 군주인데 어찌 이렇게나 다를 수가 있단 말인고? 오늘 이 부처님이 너를 교화하여 주리라. 고개를 돌리면 피안이니, 너 중생은 부디 오늘의 가르침을 잊지 말고 새 사람이 될지어다!"

일명은 쉬지 않고 중얼거리면서 손발을 쉬지 않았다.

퍽퍽―

일명의 매질에 경운 군주는 손도 쓰지 못하고 매타작을 당해야 했다. 이 죽일 놈은 감히 군주의 몸을 얼굴만 빼고는 모조리 개 패듯 두들겨 팼다. 어떻게 때리는 것인지 한 대 맞으면 뼛골이 저리고 구역질이 치밀었다. 눈앞에서 별들이 명멸하면서 폭죽처럼 터졌다.

공력을 끌어올려 대항하는 것 따위는 꿈조차 꿀 수가 없었다.

혈도가 제압당한 것도 아닌데 숨 돌릴 틈도 없이 얻어맞느라고 아예 정신을 차릴 수가 없었던 것이다.

"그, 그만……."

퍽!

일명의 발길이 그녀의 배를 걷어찼다.

짐짝처럼 바닥을 데굴데굴 구른 경운 군주는 벌레처럼 꿈틀거려야 했다. 비명조차 나오지 않아 헐떡거릴 따름.

그런 그녀의 몸이 저절로 하늘로 떠올랐다.

일명이 그녀의 멱살을 잡아 올린 것.

"뭘 잘못했는지 알겠소?"

일명이 그녀의 눈을 보면서 물었다.

그 눈이 웃고 있는 것을 본 경운 군주의 눈에서 독기가 피어올랐다.

"퉤! 이 천한 중놈이 감히…… 악!"

일명의 얼굴에다 침을 뱉었지만 그 정도를 예상 못할 일명이 아니었다. 침을 뱉는 순간에 경운 군주를 냅다 땅바닥에다 패대기를 쳐버린 것이다.

전신이 부서져 나가는 것 같았다.

그녀는 다시금 멱살을 잡혀 위로 들려졌다.

그 눈에 들어온 것은 일명의 웃는 얼굴.

"아미타불, 뭘 잘못했는지 이제는 아시겠소?"

음성은 부드러웠다.

그러나 저 말에 대답을 잘못하면 어찌 되는지 아는 그녀였다.

감히 욕을 하지 못한 그녀는 입을 다물고서 저 찢어 죽이고 싶은 놈을 노려보았다.

그게 탈이었다.

"아직 모자란 모양이군. 하긴 그 정도는 해야겠지?"

일명의 웃는 눈과 그 음성을 들은 순간에 그녀는 다급히 소리쳤다.

"사, 살려줘! 잘못했어!"

일명이 멈칫, 그녀를 보았다.

"호오? 정말 그렇게 생각하시오?"

"그, 그래……."

경운 군주는 입술을 깨물고서 고개를 끄덕였다.

"흠? 내가 보기엔 아닌 것 같은데?"

퍽!

뒤이은 주먹질.

언제 이렇게 원없이 맞아보았을 것인가.

이젠 일명의 주먹을 보기만 해도 몸서리치게 겁이 났다. 치켜드는 주먹을 보면 숨이 턱 막혔다. 감히 숨조차 쉬기가 어려웠다.

"제, 제발……."

그녀가 웅크린 채로 애원했다.

죽어가는 음성이었다. 거의 들리지도 않을.

"나무아미타불, 이제는 무엇을 잘못했는지 알겠소?"

일명의 물음에 그녀는 죽을힘을 다해 고개를 끄덕였다.

"자, 잘못했어어……."

그녀의 입에서 울음 섞인 비명이 새어 나왔다.

씨익, 일명의 입매에 웃음이 떠올랐다.

"아미타불…… 정말 그렇게 느끼는 게요?"

"그, 그래. 내가 잘못했으니 제발 그, 그만 해애……."

말소리조차 제대로 나오지 않았다. 하지만 자칫 머뭇거렸다가 저 미친놈이 또 팰지도 몰라서 허겁지겁 대답을 하는 것이다.

그녀의 눈은 십 리나 들어간 듯 퀭했다.

"좋아, 믿기로 하지. 하하…… 오늘 이 부처님이 중생 하나를 교화했으니, 십팔층 보탑(寶塔)을 쌓은 것보다 더 큰 공덕을 쌓은 셈이네. 그렇지 않소?"

일명의 물음에 그녀는 억지로 고개를 끄덕였다.

안 아픈 곳이 없었다.

하지만 속으로까지 항복할 그녀가 아니었다.

'결코 네놈을 그냥 두지 않겠다! 소림사를 온통 뒤집어서라도, 천하의 중놈들을 모조리 죽여서라도……!'

이를 박박 갈고 있는 것이다.

그때.

"이런! 돌아만 가면 네놈을 갈기갈기 찢어 죽이겠다고 이를 가는 것처럼 뵈네? 정말 그러오?"

일명이 그녀에게 얼굴을 디밀었다.

"그, 그럴 리가!"

경운 군주의 얼굴이 창백해졌다.

어찌나 다급한지 손조차 흔들어댔다.

"아니야, 아니야! 내가 잘못했는데 무슨 그런 일을……."

일명은 그런 그녀를 보면서 씨익, 웃었다.

일명의 손이 그녀의 턱을 치켜 올렸다. 그리고는 그의 얼굴이 그녀의 눈앞으로 가까워졌다.

"분명히 말하건대, 지금 한 말을 잊는다면 내가 다시 돌아와서 그냥 두지 않을 거야. 지옥을 보여주지……."

지금까지와는 달리 눈빛은 차갑기 이를 데 없었다.

그 눈을 본 경운 군주는 절로 고개를 끄덕였다.

"좋아."

일명은 그녀의 뺨을 톡톡 쳐주고는 몸을 일으켰다.

"저쪽이다!"

"저기서 비명이 들렸다……!"

사람들의 음성이 들려왔다.

"군주마마를 찾는 사람들이 오는군. 그런데 말이야, 군주마마께선 대체 왜 이렇게 엉망이 된 거지요?"

"마, 맞아서……."

"맞아서?"

일명의 눈이 시퍼렇게 불을 뿜었다.

동시에 그의 전신에서 무서운 기세가 일어나 경운 군주를 엄습했다. 그것은 지금까지 일명이 보인 것과는 달리 절정의 고수만이 일으킬 수 있는, 압도적인 기세인지라 경운 군주는 하얗게 질려 버리고 말았다.

경운 군주는 다급하게 소리쳤다.

"아, 아니, 그게 아니라…… 바, 발을 헛디뎌 낭떠러지에서 구, 굴렀어! 낭떠러지에서 굴러서…… 그래, 난 낭떠러지에서 구른 거야!"

그녀는 다급해져서 미친 듯 주워섬겼다.

공포가 전신을 짓눌렀다.

변명을 제대로 해내지 않으면 일명이 금방이라도 다시 손을 쳐들어 자신을 때릴 것만 같아 얼굴이 하얗게 질려 있었다.

그때였다.

"군주마마!"

누군가가 그녀의 팔을 보듬어 잡았다.

"악! 사, 살려줘!"

그녀가 혼비백산, 놀라 비명을 질렀다.

"군주마마, 대체 무슨 일입니까?"

노파가 평소와는 전혀 달리, 공포에 질린 그녀를 부축하면서 물었다.

둘째 마당

어둠이 짙게 소림사를 덮었다.

주위는 온통 어둠뿐이었다. 만약 밤하늘의 달마저 없었다면 소림사는, 그 일대는 모두 칠흑 같은 어둠 속에 누워 있었을 터였다.

그 달을 보며 바위에 기대앉아 있었다.

너덜거리는 승포.

"크으……."

더러운 손등으로 입술을 문지른다.

손에 든 술잔에서는 술 방울이 뚝뚝 떨어졌다.

좋은 술은 바랄 수도 없다.

중에게 어찌 술을 바랄쏜가.

인근에서 대충 가져온 화주(火酒)는 정말 입에서 불이 나는 듯했다.

사람들은 그를 일러 광승이라 했다.

그래.

광승이라도 좋다.

그는 피식, 웃었다.

그리곤 나머지 술을 술병 채로 입에다 틀어박았다.

어쩌면 아무것도 아닐 수도 있었다.

그래, 고개만 돌리면 피안임을 어찌 모를까.

도도(屠刀)를 놓으면 백정이 바로 부처가 됨을 누가 모르겠는가.

그럼에도 그럴 수가 없었다.

그날 이후로, 그는 아무것도 할 수가 없었다.

쿨럭, 쿨럭!

격렬한 기침이 터져 나왔다.

억지로 술을 쑤셔 박은 결과였다. 그는 결코 술을 좋아해 본 적이 없는 사람이었다.

그때.

"굳이 이럴 필요가 있겠느냐?"

나직한 탄식이 들려왔다.

고뇌에 찬 음성이지만 또한 한없이 부드러운 음성이기도 했다.

"……!"

술병을 틀어박은 채 광승의 몸이 굳어졌다.

"왜 이처럼 자신을 학대하고 있단 말이냐? 네가 이럴 필요는 어디에도 없다."

광승은 술병을 내렸다.

그리고 시선을 돌렸다.

한 사람이 눈에 들어왔다.

승포를 날리며 자신의 앞에 서 있는 사람.

파르라니 깎은 머리.

모두가 차갑고 무정하다 말하는 그 얼굴은 자상함과 안타까움으로 떨리고 있었다. 떨리는 그 눈빛은 형언하기 어려운 아픔으로 가득 차 있었다.

복호 신니.

그녀가 광승의 앞에 서 있었다.

하늘에는 달.

어둠은 사위를 덮었지만 고즈넉한 달빛에 쫓겨 힘을 잃었다.

휘휘, 이는 바람은 달을 가리려던 구름들을 두들겨 내몰았다.

뎅그렁거리는 풍경(風磬) 소리가 귓전을 울리고 가슴을 흔든다. 산사의 고요함은 소림사의 전역을 감싸고 있었다.

하지만 광승, 불명(佛名)을 심수라 하였던……

그 배분 중 가장 뛰어났다던, 차기의 장문인감이라고 알려졌던 그의 얼굴은 격동으로 일그러져 있었다.

그 시선을 받는 복호 신니의 얼굴은 형언키 어려웠다.

안타까움, 괴로움, 그리고 가슴이 저미는 아픔까지.

"……"

광승은 묵묵히 그녀를 보았다.

거세게 일렁이는 눈빛.

봉두난발의 그 얼굴은 푸들푸들 떨리는 것처럼 보였다.

"이제 그만 돌아가도록 해라. 여긴 네 자리가 아니다."

복호 신니가 길게 탄식하면서 입을 열었다.

무공이 높은 그녀는 얼핏 보기로는 사십대처럼 보여 봉두난발의, 나이를 짐작키 어려운 광승에게 하대를 하는 것은 기이해 보였다. 하나 실제로 그녀의 나이는 이미 칠순이 넘은 상태라 사십대로 알려진 광승에게 하대함은 당연할 수도 있었다.

그러나 그녀는 아미파의 장로.

소림사의 파계승을 찾아 이 밤에 올 이유는 없었다.

더구나 지금은 비상시국.

"내 자리……."

문득 광승이 중얼거렸다.

기괴한 웃음이 그의 입술을 비집고 풀풀 새어 나왔다.

"사해가 모두 고해(苦海)인데, 어디에 내 자리가 있단 말인가? 여기도 저기도 한 발만 내딛으면 천 길 낭떠러지. 세상을 호도하는 위선자들이 고승대덕이라 자호(自號)하니, 지나가던 개가 웃을 일이지! 으핫핫핫하……."

문득 광승이 껄껄 웃음을 터뜨렸다.

복호 신니는 그의 웃음 속에 깃든 자조(自嘲)에 무거운 얼굴로 말했다.

"누구의 잘못도 아니었다. 나는…… 나는 모든 것을 버렸다. 굳이 너를 잊고자 했었지만 설마 네가 소림문하에 들었을 것은 알지 못했었기에…… 알기만 했더라도……."

"했으면? 나를 데려다 내 아들이라고 광고하면서 아미파의 장문이라도 만들어주었을까? 언제부터 아미파가 대를 이어 장문 직을 세습하는 세속의 문파가 되었지? 소림의 차기 장문이라? 소림사도 대를 이어 세습하는 속가란 건가? 크흐흐흐……."

기괴한 웃음이 풀풀 광승의 입에서 연신 흘렀다.

놀라운, 정말 상상도 하지 못했던 이야기가 그의 입에서 흘러나오고
있었다.

아들이라니?

설마 그가 아미파의 장로이며, 전대 장문인인 복호 신니의 아들이라
는 말일까.

"나무아미타불…… 이 일은 우연에 우연이 겹쳤을 뿐이다. 그는 아
무것도 몰랐었고 너 또한 그러했다. 아무것도 몰랐던 네가 왜 이렇게
모든 것을 버리고 자학해야 한단 말이더냐? 잘못이 있다면 나에게 있
을 뿐, 너의 이 행동은 누구에게도 도움이 되지 않는다. 더구나 이 일
은……."

"그만."

낮게 광승이 소리쳤다.

그 눈빛은 무섭게 이글거리며 타오르고 있었다.

"누구에게 도움? 무슨 도움? 법이 모든 것이며, 계율이 삶이던 학승(學
僧)에게 출생의 더러움을, 그 지독한 냄새를 못 이겨 더러운 것을 버린
것이 잘못이라고 한단 말이오?"

격한 외침이 다시 터져 나왔다.

"잘못이 아니라, 옳지 않다는 것이다. 네게는 아무런 잘못이 없다.
잘못이 있다면 우리 두 사람에게 잘못이 있겠지. 그러나 당시 우리들
은 어쩔 수 없었고 설마 하니 너를 가지게 될 것은 상상치 못했었다.
더구나 사가(私家)에 맡겼던 네가 소림사에 들어오게 될 줄은……."

"……."

광승은 그녀를 노려보다가 발을 굴렀다.

"더 이상, 아무 말도 마시오. 무엇 때문에 날 찾아온 것인지는 모르

겠지만 나를 훈도할 필요는 없소. 파계를 했으되, 나는 아직 승포를 걸치고 있으니 속세에서 나를 낳았다는 사람과는 이미 오래전부터 아무런 상관이 없소!"

말과 함께 그는 그 자리에서 사라졌다.

아니, 땅을 박차고 어둠 속으로 사라져 버린 것이다. 그 뒤에 있는 숲 속으로.

"잠시만!"

다급히 복호 신니가 그를 부르며 뒤를 따랐다.

…….

그들이 떠나고 정적이 주위에 내려앉았다.

반 각도 지나지 않아 머리통 하나가 어둠 속에서 솟아났다.

눈이 휘둥그런 일명이었다.

'아들이라구? 설마 저 비구니가 광승의 엄마란 말야?

경운 군주를 원없이 패주고 떠나온 일명이었다.

처음에는 아니었지만 다시 그녀를 패면서 일명은 아예 작정을 했었다. 까짓거 수틀리면 소림사를 떠나기로.

기다리던 형이 오지 않아 답답하던 차였고, 처음부터 중노릇을 하면서 평생을 썩을 생각은 해본 적도 없었다.

이런 일이 없었다면 혹시라도 소림사에 그런대로 적응을 했을지도 모르지만 이미 일신에 절세의 무공을 얻은 다음이다. 여기서 재수없는 계집애 하나 때문에 맞아죽고 싶을 리가 있겠는가.

까짓거, 기왕 떠날 바에야 속 시원하게 분풀이라도 하자!

그러고는 맘껏 군주를 패줬다.

이젠 밤을 도와 소림사를 떠나는 것만 남았다.

그래도 몇 사람에게 떠난다는 말은 해야지 하고 소림사 후면으로 스며들던 중에 광승을 발견한 것이다.

"아미파의 비구니가 광승의 엄마…… 아미파도 한심하네."

여승이 아이를 낳다니.

그게 다른 곳도 아닌 아미파라면, 정말 세상이 놀랄 일이었다.

세상을 희롱하면서 미친 듯 사는 광승.

그의 광증(狂症)은 그냥 생긴 것이 아니었다는 것인가.

'그러고 보니 아버지는 소림사에 있단 이야기인가?'

일명의 눈이 반짝였다.

정말 흥미로운 이야기가 아닐 수 없었다.

그게 누굴까?

만약 지금 소림사를 떠날 생각이 아니었다면 일명은 광승의 뒤를 졸졸 따라갔을 터였다.

광승이 사라진 어둠 속을 보면서 일명은 잠시 망설이다가 혀를 차곤 몸을 날렸다.

그 신형은 표홀했다.

목노의 진전을 이어받은 일명의 무공은 이미 놀라운 지경에 이르러 있었다. 그것이 전부는 아니라 할지라도 지금의 무공만으로도 대단했고, 그렇기에 광승이나 복호 신니까지도 일명의 기척을 느끼지 못했던 것이다.

셋째 마당

와장창!

쾅! 쨍그렁, 째앵……

방 안에 있던 모든 것들이 사방으로 날았다.

깨지고 부서진 것들, 시녀들도 맞아서 피를 흘렸다. 공포에 질린 그녀들은 한쪽에서 벌벌 떨었고 노파, 공주부에서 모모(姥姥)라고 불리는 그녀는 발광을 하는 경운 군주를 싸안고서 쩔쩔맸다.

"놔! 놓으란 말이야!"

경운 군주는 바락바락 악을 썼다.

"죽여 버리고 말겠어! 당장, 놈을 내 앞에다 잡아다 놔. 갈기갈기 찢어버릴 거야! 당장 끌고 오란 말이야!"

그녀의 부르짖음은 말 그대로 절규였다.

절절이 한(恨)이 맺힌 처절한 부르짖음.

그 방의 밖에 화경 공주가 서 있었다.

그녀의 앞에는 금의위의 천호 조검룡이 굳은 얼굴로 부복했다.

"숭산을 봉쇄해. 무슨 수를 써서라도 놈을 잡도록. 등봉과 인근의 군사를 모두 불러들여. 개미새끼 하나라도 나갈 수 없도록 해서 반드시…… 놈을 잡아. 소림방장은 왜 아직 오지 않나?"

뜻밖에도 화경 공주의 음성은 부드럽다.

그러나 그녀의 이 부드러운 음성은 그녀가 정말 화가 났을 때라는 것을 천호 조검룡은 알고 있었다.

공주의 남편은 평범한 사람은 아니었다.

그럼에도 그녀에게는 꼼짝도 하지 못할 정도로 화경 공주는 보통 여자가 아니었다. 만에 하나 기회만 주어졌다면 측천무후에 못지않았을 여인이 그녀라는 소문까지 있었다.

그렇기에 지금도 그녀는 보통 사람이 아니었다.

"오고 있다는 통보를 받았습니다."

천호 조검룡이 고개를 숙였다.

조정의 대신도 금의위의 천호에게는 함부로 대하기 어려웠다.

하지만 이 화경 공주에게만은 그도 감히 고개를 들 수 없었다. 그것이 화경 공주이기에.

*   *   *

소림사가 발칵 뒤집혔다.

깊은 밤임에도 사방에 불이 대낮처럼 타올랐다.

요소요소에 승려들이 바쁘게 돌아다니고 시간이 흐를수록 점점 군사들의 숫자가 많아졌다. 뿐만 아니라, 횃불을 켠 사람들이 계속해서 소림사 주변 산으로 퍼져 나가고 있어 한밤중에 난데없는 새벽이라도 찾아온 게 아닌지 착각을 할 정도였다.

그렇게 새벽이 밝아오고 있었지만 어디에서도 찾는 일명은 나타나지 않았다.

다음날이 되자 밀려든 군사들이 숭산을 덮을 정도가 되었다.

그럼에도 일명의 종적은 바다 속에 가라앉은 조약돌처럼 나타나지 않았고 찾을래도 찾을 방도가 없어 보였다.

가장 난처한 것은 소림사였다.

소림에 적을 둔 사미…….

그것도 이미 전에 지은 죄가 있던 사미였으니 구족을 멸한다고 해도 할 말이 없는 대죄.

어떤 일이 있더라도 일명을 찾아내야만 했다.

모여든 구대문파의 수장들도 내막을 알고서는 어이가 없어졌다.

차마 말을 하지는 못하지만 어떻게 이런 일이?

그런 생각.

이젠 막다른 골목이었다.

소림사는 공개적으로 일명을 공적으로 발표하고 그를 파문, 제거해야만 하는 상태가 된 것이다.

그게 소림사를 곤혹스럽게 했다.

천살지기를 지닌 그를 이렇게 쫓아내게 된다는 것은, 그간 들인 공을 모두 무위로 돌릴 뿐 아니라, 어쩌면 강호에 무서운 살성(煞星) 하나를 만들어내는 것이나 다름이 없을 것이기 때문이다.

하지만 시간이 흐르면서 더 이상은 버티기 어렵게 되었다.

어떻게든 선택을 해야만 하는 시간이 다가오고 있었기에.

*   *   *

"죄송해요…… 계속 사고만 치고."

정혜가 나지막한 음성으로 말했다.

침상에 누운 그녀의 옆에는 정수 사태가 앉아 숨을 고르고 있었다.

방금 그녀는 정혜의 몸에 엉긴 어혈을 풀어주느라고 추궁과혈지법을 전개하여 얼굴이 붉게 상기되어 있었다. 가쁜 숨을 내쉬면서 호흡을 조절하고 있던 정수 사태는 미미하게 웃었다.

"그나마 다행이구나. 이 정도로 끝이 났으니……."

"이 정도로 끝이라니요? 상대가 군주라서 차마 손을 쓰지 못해서 머뭇거리다가 이렇게 된 거예요!"

잔뜩 주눅이 들었던 정혜가 참지 못하고 항변했다.

"싸움에서는 결과가 남을 뿐이지. 넌 졌어."

"그건……."

정혜는 퉁퉁 부은 얼굴로 입을 다물었다.

너무 억울했다.

난화불혈수는 사람의 혈도를 치는 무공이다.

진신공력이 깃든 난화불혈수로 사람을 타격하면 그 사람은 자칫 불구가 될 수도 있었다. 아직 공력의 수발이 자유로운 경지가 아닌 그녀는 차마 방어조차 하지 않는 사람을 칠 수가 없었다.

그런데 그런 틈을 노려 사람을 이렇게 만들다니…….

두고 보자!

정혜는 입술을 깨물었다.

흰 천으로 친친 동여맨 손은 시도 때도 없이 욱신거렸다.

손도 제대로 써보지 못하고 이런 상처를 입고 말다니, 너무 어이가 없어 말도 나오지 않았다.

생각하는 순간에는 비수에 베인 뺨도 에이는 듯 아팠다.

"이번 일이 큰 경험이 되었을 게다. 세상은 너를 감싸주고 보듬어주던 아미파가 아니라는 것을 말이다. 은인자중함을 배워야 할 것이다."

정수 사태는 말을 마치고 일어났다.

바로 그 순간이었다.

바깥이 소란스러워졌다.

"사자(師姉)!"

밖에서 당황한 음성이 들려왔다.

"무슨 일이냐?"

그 음성에 깃든 다급함을 느낀 정수 사태가 문을 열었다.

순간 그녀의 앞에 한 사람이 모습을 드러냈다.

금의위 위장 차림의 무장이었다.

"끌어내라."

그가 소리치자 금의위 위사 두 사람이 안으로 난입하려 했다.

"무슨 짓이오?"

정수 사태가 소매를 떨치자 한 가닥 힘이 일어 방문을 막았다.

안으로 진입하기 어려워진 그들의 안색이 굳어졌다.

"비키지 않으면 역도(逆徒)로 간주하여 당신도 체포하겠소!"

위사가 소리쳤다.

"여, 역도라니?"

어이가 없어진 정수 사태가 입을 딱 벌렸다.

"저 어린 비구니는 역도 일명이란 사미와 공모하여 군주마마를 해하고자 획책했던 혐의가 있어 조사를 해봐야겠소. 만약, 불응하면 당신도 한패거리로 간주할 수밖에 없소."

뒤에서 금의위 위장이 위협했다.

"마, 말도…… 저 아이는 밖에 나갔다가 군주마마께 맞아 지금까지 일어나지도 못하고 있어요. 그런데 그게 무슨 말도 안 되는……."

"할 말은 가서 하라. 잡아!"

금의위 위장, 백호로 보이는 그의 뒤로는 십여 명의 금의위들이 있어 언제라도 달려들 듯한 모습이었다.

"할 수 없소!"

정수 사태가 문을 막아섰다.

"아미타불…… 우리는 소림사의 손님이오. 아무리 금의위라고는 할지라도 황상의 보호를 받는 소림사의 손님을 함부로 대할 수는 없는 법이오."

금의위 백호 임광은 눈을 부릅떴다.

"금의위는 조정의 대신이라도 체포할 수 있다! 만약 비키지 않는다면 아미파가 역심을 품고 있다고 단정……."

그때였다.

"네가 그 말에 책임을 질 수 있느냐?"

난데없이 그 뒤에 차가운 음성 하나가 들려왔다.

"사부님!"

난감하기 이를 데 없던 정수 사태의 얼굴에 희색이 떠올랐다.

어젯밤에 나가 소식이 없던 복호 신니가 나타났기 때문이다.

"너, 너라니?"

나는 새도 떨어뜨린다는 금의위의 백호, 임광의 안색이 달라졌다.

"나는 아미파의 복호 신니다. 나는 일찍이 황상을 두 번이나 알현했으며, 화경 공주의 불명(佛名)을 만들어 드린 사람이다. 그런 내가 갓 서른인 한낱 무관에게 너라고 하지 못할 것은 무엇이냐? 금의위의 제독도 나를 보면 한 걸음 양보하거늘!"

그녀가 눈을 부릅뜨자 일 장여의 거리가 떨어져 있음에도 불구하고 백호 임광은 숨이 막혀왔다. 무서운 기세가 너울이 일듯 일어나 온몸이 터져 나갈 듯했던 것이다.

자신과는 차원이 다른 고수였다.

가슴이 서늘해졌다.

그는 황궁의 고수였기에 강호의 구대문파가 강하다 할지라도 별로 마음에 두지 않았다.

그러나 직접 만나보니 명불허전.

게다가 상대가 공주를 들먹거리고 직속상관인 제독까지 거론하니 기세가 꺾이고 말았다.

"아무리 그러하다고 하지만 소장은 윗전의 명을 받았기에 그냥 돌아갈 수는 없……."

"내가 가서 공주마마를 뵙겠다. 앞서거라."

복호 신니가 말을 잘랐다.

잠시 머뭇거리긴 했지만 선택의 여지가 없었다.

더구나 상대가 직접 공주를 만나겠다니 일단 물러나도 큰 문제는 없을 듯했다.

"누구도 아미파의 근거를 침입할 수 없다. 누구라도 함부로 접근하는 자가 있다면 적으로 간주, 공격해도 좋다."

복호 신니가 차갑게 명하고는 등을 돌렸다.

"안 돼요!"

다급한 음성.

"제자로 인해 사부님이 욕을 보실 수는 없습니다. 제자가 가겠습니다."

정혜가 일어나 달려나오고 있었다.

짝!

"악!"

막 문을 나서려던 정혜가 비명과 함께 침상 앞으로 나동그라졌다.

문밖, 삼 장이나 떨어진 곳에서 정혜의 뺨을 때려 버린 복호 신니는 냉엄한 빛으로 꾸짖었다.

"누가 감히 사부의 말에 토를 달라고 가르쳤더냐? 다시 한 번 그따위 짓을 한다면 널 아미파에서 내쫓고 말 것이다!"

말과 함께 복호 신니는 등을 돌려 앞서기 시작했다.

슥슥, 채 몇 걸음을 떼놓은 것 같지 않은데 그녀의 신형은 이미 그 자리에서 사라져 버렸다.

그것을 보자 백호 임광이 급히 소리쳤다.

"가자!"

그들의 모습이 사라짐을 보고 정혜는 겨우 고개를 들었다.

입술이 찢어져 핏물이 흘러내리고 있었다.

"사부님……."

"걱정할 것 없다. 화경 공주님과 사부님께서는 모르는 사이가 아니니 큰일은 없을 게다."

정수 사태가 정혜를 부축하며 다독거렸다.

"그나저나 보통 난리가 아니군. 소림사를 발칵 뒤집고도 모자라 숭산 전역까지 군사들이 깔렸으니……."

그녀가 고개를 흔들었다.

*　　　*　　　*

"뭐라? 조사전까지?"

"금의위가 소림사를 믿을 수 없다고 소림사 전역을 조사하겠다고 통보를 해왔습니다."

"말도…… 아무리 금의위라고 하더라도 어찌 그런……."

달마원에서 열린 긴급 장로회의에 참석한 고승들은 모두 신음을 흘렸다.

분명히 용납할 수 없는 일이지만 마땅히 대처할 방도가 없었다.

상대는 직계 황족.

게다가 다른 사람이 아닌 화경 공주와 금의위.

이미 천 명이 넘는 군사가 소림사를 에워쌌고, 그 바깥으로 수색에 나선 숫자는 이천은 족히 된다고 하였었다.

"장문인께서 지금 화경 공주마마를 만나고 있으니 하회를 기다려 봐야겠소이다. 아미타불…… 난감한 일이로고."

달마원의 주지 심유 대사가 고개를 저었다.

"그러게 내 그 아이를 진작 참회동에다 옮겨두자고 이야기하지 않았나? 이제 이 사태를 어떻게 수습할 작정인가, 심경?"

계지원의 주지 심료 대사가 날카로운 눈빛으로 심경 대사를 직시

했다.

지금껏 한마디도 하지 않았던 심경 대사는 길게 한숨을 내쉬었다.

"그 아이는 혜인 사백의 영광(靈光)을 받은 아이입니다. 열반에 드신 다음에도 달마동에서 그 아이를 기다렸던…… 쉽게 처리할 일이 아닙니다."

"계속해서 그렇게 감싸기만 하다가 일이 이렇게 된 게 아닌가!"

계지원의 심료 대사의 어조는 날카롭기만 했다.

집법(執法)을 책임지는 그인만큼, 사정(私情)이라는 것은 용납지 않았다.

第七章

밟을 때는 칠거히!

첫째 마당

노을이 지고, 덩덩…… 종소리가 길게 숭산을 울렸다.

만과(晩課) 시간이 가까워오지만 나한당을 향하는 심경 대사의 발걸음은 무겁기만 했다.

일명을 소림사에 데려온 장본인이 그였다.

대우가 지금 여기에 없긴 하지만 일명은 그의 사손이었다.

어떻게 하건 그를 지켜주어야 할 것만 같았다.

그것이 인연이리라.

사방에 깔린 병사들의 모습이 눈을 거슬렀다.

"후우……."

제자들을 뒤로하고 나한당 당주의 선방에 들어선 그는 문을 닫다가 흠칫 몸이 굳어졌다.

한 사람이 그를 보고 있었다.

방 안에서.

웃고 있었다.

흰 이를 드러내고서.

"접니다."

뻔뻔스럽게 웃고 있는 그놈은 바로 괘씸한 일명이었다.

"너?"

뜻밖의 출현, 심경 대사의 눈이 커졌다.

자신의 거처에 있을 일명은 생각도 해본 적이 없었다.

사방에 군사들이 깔렸고 이곳은 이미 뒤진 다음, 게다가 일명이 난리를 친 소림사 후면과 이 선방 사이는 수많은 사람들이 북적거리고 있는 판이었다.

그런데 그들을 비웃기라도 하듯 일명이 여기에 있다니!

놀란 눈으로 일명을 보고 있던 심경 대사가 물었다.

"금제가 풀렸더냐?"

"예."

일명은 서슴없이 고개를 끄덕였다.

이미 더 이상 숨길 계제가 아니었다.

숨긴다고 해서 누구도 믿을 리가 없었고, 실제로 심경 대사에게만은 숨기고 싶지도 않았다. 그저 말을 하지 않았을 따름이었던 것이다.

"언제? 그때부터였더냐?"

"예."

"잘도 속여 넘겼구나."

일명은 이를 드러내고 웃었다.

"속인 적은 없습니다. 묻지 않으시니 그냥 있었을 뿐이지요."

"말도 안 되! 너를 주시하는 사람들이 한둘이 아니었는데, 그들을 속여 넘기고도 그런 말을 할 수 있다냐?"

"사조께서 물었다면 달랐을지도 모르지요."

일명의 말에 잠시 그를 바라보던 심경 대사는 고개를 끄덕였다.

"많이 컸구나."

그는 한숨을 내쉬곤 물었다.

"어떻게 할 작정이냐? 소림사가 너로 인해 발칵, 뒤집어졌다."

"해서 인사드리러 온 겁니다."

"인사라면?"

"예. 지금 여기 있으면 폐만 되고 시끄러울 테니까요. 만약…… 소림사에서 절 잡아서 무공을 폐하고 참회동에다 평생 가두어둔다면 우리 형이 가만있지 않을 거예요. 소림사가 욕보기 전에 차라리 제가 잠시 떠나 있는 게 낫겠죠."

천하의 소림을 대호가 욕보인다?

일명의 말에 심경 대사는 어이가 없어서 웃었다.

이 영악한 놈은 가끔 이렇게 치기 어린 모습을 보여주었고, 그것이 심경 대사는 좋았다. 순수해 보였으니까.

"쉽게 떠나기는 어려울 게다. 그리고 네가 떠난다 할지라도 소림사가 받는 고초는 적지 않을 것이고……."

문득 그는 안색을 굳혔다.

"무엇보다 너를 그냥 떠나보낼 수가 없구나."

일명이 그 말에 인상을 썼다.

난감한 표정으로 머리를 긁으면서 하는 말.

"다른 사람은 몰라도 사조와는 싸우고 싶지 않은데요. 그럴려고 여기 온 게 아니거든요."

순간.

일명의 안색이 달라졌다.

갑자기 무서운 기운이 자신을 덮쳐 눌렀던 것이다.

숨조차 쉬기 어려운 기세!

그것은 심경 대사에게서 뿜어져 나오고 있었다.

만장심연에 가라앉은 듯 무서운 침묵의 무게가 방 안을 내리눌렀다. 철괴라도 우그러뜨릴 압도적인 기세!

하지만 흠칫하던 일명의 모습은 이내 태연히 변해 버렸다.

이어 맹렬한 회오리바람이 두 사람의 사이에서 일어나 선방 안으로 퍼져 나갔다. 기의 폭풍이 일어난 것만 같았다.

그것은 심경 대사를 경악케 하기에 족했다.

기세가 사라졌다.

"너의 무공은 어떻게 된 거냐?"

"말씀드릴 수 없습니다."

"허어……."

신음이 절로 심경 대사의 입을 비집었다.

그가 쏟아낸 기세는 막대하여 설사 대우라 할지라도 버티기에 급급할 것이 분명했다. 그런데 일대제자도 아닌 이대제자가 안색조차 변치 않았다. 더구나 저렇게 태연하게라니…….

천재라는 것은 익히 알고 있었지만 혼자서 저 정도라니?

"다른 사람은 몰라도 사조께선 절 믿어주세요. 소림사를 지금 떠난다 할지라도 마음만은 소림사에 두고 간다는 걸."

"……."

심경 대사는 묵묵히 일명을 보았다.

그리고 물었다.

"다시 돌아오겠느냐?"

"그럼요."

일명은 서슴없이 고개를 끄덕였다.

"빠져나가기가 쉽지 않을 게다."

"그건 제게 맡겨주세요. 세상을 한 번 돌아보고 조용해지면 돌아오겠습니다. 어차피 운수(雲水)¹⁾란 걸 저도 한 번 해야 하지 않겠습니까?"

일명이 씨익, 웃었다.

상황은 매우 엄중했다.

그런데 일명과 이야기를 하다 보면 전혀 별게 아닌 일로 보이니 신기한 일이었다.

"아미타불……."

심경 대사는 무거운 빛으로 불호를 외웠다.

일명은 천살지기를 지닌 사람이다. 전과는 달리 고강한 무공까지 지녔다. 만에 하나 그를 이대로 놓아주었다가 마도(魔道)에 빠지기라도 한다면 그 책임을 심경 대사는 감히 감당할 수가 없었다.

단순히 책임을 질 수 있는 문제라면 별게 아니지만, 만에 하나 강호에 혈겁(血劫)이라도 일으키는 날이면 수많은 사람들이 해를 입을 것이니, 그 업장(業障)을 어찌 감당할 수 있을 것인가.

"네가 단순히 소림사를 떠나는 것만으로 되는 게 아니다. 황실이 개

---

1) 운수라는 건 구름과 물, 다시 말해서 구름과 물이 떠돌 듯 천하를 떠돈다는 것으로 출가한 승려들이 세상으로 나가 세상을 보면서 배우는 탁발행각을 의미한다.

입된 이상, 소림은 너를 파문해야 할 것이고 너를 잡으러 추적대를 파견할 것이니 너는 한순간도 쉬지 못하고 쫓기게 될 것이다."

일명은 인상을 썼다.

"망할 계집애…… 정말 귀찮게 만드네."

투덜거린 일명은 심경 대사를 보았다.

"만약 황실에서 잡으라는 명령을 철회하면요?"

"그래도……."

"추적대를 막아주세요, 황실의 명은 제가 철회토록 할 테니."

"네가?"

놀란 빛이 다시금 심경 대사의 눈에 떠올랐다.

"예. 쫓기는 건 싫어요."

"정말 그렇게 할 수 있다면 내가 장문사형께 말씀드려 보마. 하지만 네가 무슨 수로 황실의 명을 철회시킬 수가 있단 말이냐?"

"……."

일명은 웃어 보이기만 했다.

자신만만한 얼굴인지라 어쩔 수 없다는 듯 심경 대사가 고개를 끄덕였다.

"좋다. 널 믿어보마. 그러나 언제까지나 네가 소림사를 떠나 있도록 할 수는 없다."

"삼 년 뒤에 돌아오도록 하죠."

일명은 이미 생각해 두었다는 듯이 거침없이 바로 말을 받았다.

"삼 년?"

"그 정도면 대충 세상 구경은 할 수 있겠죠."

처음에는 오 년을 생각했었다.

하지만 그랬다가 거절하면 골치 아플 듯해서 나름대로는 머리를 굴린 끝에 내놓은 절충안이었다.

"어이없군······."

어둠 속에 홀로 남은 심경 대사는 머리를 흔들었다.

무엇에 홀린 듯이 약속을 해버렸다.

절대로, 일명은 소림사 밖으로 벗어나게 해서는 안 되는 아이였다. 만에 하나라도 마도에 발을 담근다면······.

더구나 이미 불가일세의 마존 절정옥소 누한천이 눈독을 들였던 아이였다. 하긴 인재를 알아볼 수 있는 눈을 가졌다면 누가 탐을 내지 않을 것인가.

"아미타불······."

심경 대사의 긴 불호 소리가 어둠에 잦아들었다.

둘째 마당

늘 고즈넉했던 소림의 밤.

하지만 어제부터 오늘까지 소림사의 밤은 긴장감으로 가득했다.

그렇지 않아도 구대문파의 회합으로 긴장이 고조되었던 소림사였
다. 거기에 일명이 터뜨린 일대 사건은 소림사를 곤혹 속에 몰아 넣고
도 남음이 있었다.

"아직도 못 찾았단 말이냐?"

화경 공주는 눈살을 찌푸렸다.

"보통 교활한 놈이 아닙니다. 군주마마께서 데리고 있던 설아를 찾
아서 쫓도록 해봤지만 무슨 짓을 했는지 전혀 냄새를 맡지 못합니다."

보고하러 온 백호 임광이 고개를 숙였다.

"그걸 말이라고 하나?"

"만사무석(萬死無惜)! 죽여주십시오."

무릎을 꿇은 그가 바닥에다 머리를 박았다.

"내일까지도 못 찾는다면 책임을 져야 할 게다. 나가봐."

임광이 나가는 것을 보고 있던 화경 공주가 고개를 돌렸다.

"그 애는 지금 뭘 하고 있지?"

"막 잠이 드셨습니다. 잠을 자다가도 깜짝깜짝 놀라 깨는 바람에 깊은 잠을 자지 못해 따로 방을 마련하고 누구도 거기에 접근하지 못하도록 엄히 말해 두었습니다."

그녀의 뒤에 시립하고 있던 궁장노파, 강모모가 허리를 굽혔다.

"악! 사, 살려줘……."

경운 군주는 버둥거렸다.

그놈, 일명이 웃고 있었다.

자신을 깔아뭉개고서 주먹을 휘두르고 있는 것이다.

주먹을 보기만 해도 무서움에 질려 오금이 저렸다.

피하려고 해도 몸이 움직여지지를 않았다.

가위눌린 것처럼 꼼짝도 할 수가 없었고 숨을 쉬기도 어려웠다.

"저, 저리 치워…… 치워…… 비켜어……."

악을 썼다.

하지만 목소리조차 잠겼다.

눈앞의 주먹을 피하기 위해서 발버둥 치던 경운 군주는 마침내 눈을 뜰 수가 있었다.

그런데……

이게 무슨 일인가?

전신이 묵직했다.

꿈이 아니라, 무엇인가가 정말로 자신을 누르고 있었다.

어둠이 무섭다고 하여 큰 촛불 두 개를 밝혀두었기에 방 안은 어스름하게 밝았다. 사물을 보기에 모자람이 없는 밝기.

억지로 눈을 뜨고 보니, 정말 눈에 익은 얼굴 하나.

그 얼굴이 자신을 내려다보고 있었다.

자신의 몸 위에서.

반달반들한 머리가 빛을 뿜는 것 같았다.

"네, 네놈이?"

너무 놀라 말조차 제대로 나오지 않았다.

이게 꿈인지 생시인지 분간이 가지 않았다.

대신 귓전에 들려오는 음산한 소리.

"소리를 지르면 널 죽여 버릴 거야."

그 말 한마디에 경운 군주는 얼어붙어 버렸다.

이게 꿈이냐, 생시냐……

한동안 경운 군주는 공포와 현실 사이에서 정신을 차릴 수가 없었다. 자다 가위에 눌린 줄 알고 버둥대다가 깨어났더니 자신의 몸에 올라탄 괴한이라니?

게다가 그게 다른 사람이 아닌 그 죽일 중놈, 일명이라니!

"여, 여길 어떻게?"

꿈이 아님을 알게 된 경운 군주는 놀라 눈을 깜박거렸다.

얼굴은 이미 백지장처럼 핼쑥했다.

"내가 그랬지? 허튼짓함 다시 찾아와 지옥을 보여주겠다고."

일명이 그녀를 내려다보면서 음산하게 말했다.

"사람 살려! 자객이다앗!"

갑자기 경운 군주가 찢어지게 소리를 쳤다.

그 소리에 일명이 깜짝 놀라 허둥거려야 했음에도 일명은 태연했다. 그냥 경운 군주의 몸 위에서 그녀를 재미있다는 듯이 내려다보고 있을 따름인 것이다.

"다 했어?"

그리곤 일명의 물음.

경운 군주의 얼굴은 공포에 질렸다.

"무, 무슨 짓을…… 한 거냐?"

"아무 짓도. 이 정도의 소리는 밖에서 듣지 못하게 결계를 쳐두었지."

"겨, 결계?"

"모산(茅山)의 법술 중에는 주위의 모든 걸 차단해 일시지간 다른 세계로 빠지게 하는 차원이동술이 있다. 일컬어 혼원과해지술(混元過海之術)이라고 하지. 지금은 아무도 네 말을 들을 수가 없을 뿐 아니라, 누가 이 방에 와봐도 네가 자고 있는 것만 보이지, 내가 보이진 않아."

일명은 말하면서 슬그머니 경운 군주의 뺨을 만졌다.

성질이야 어떻든 그녀는 예뻤고 귀하게 자란 뺨은 매끄럽기 이를 데 없었다.

식은땀에 젖어 흩어진 귀밑머리 또한 선정적이었다.

"무, 무슨 짓이야?"

경운 군주의 안색이 하얗게 질렸다.

"이제부터 너랑 만리장성을 쌓아볼까 하고……."

말과 함께 일명은 그녀의 침의를 벗겨냈다.

양손으로 힘을 쓰자 침의는 힘없이 좌우로 벌어졌다.

가슴을 가린 붉은빛 속옷이라고 힘을 쓸 수가 있을 리 없다.

아래로 잡아당기자, 그렇게 드러난 팽팽한 소녀의 젖가슴은 흔들리는 촛불 아래서 너무도 고혹적이었다.

놀라 곤두선 유실은 일명의 시선 하에서 몸둘 바를 몰라 했다.

아무리 앙칼진 경운 군주라 할지라도 이 마당에서는 겁에 질리지 않을 수가 없었다.

"너, 너는 출가인인데…… 가, 감히……."

"이런! 몰랐나? 난 불목하니야. 중이란 건 그냥 허울일 뿐이지. 계(戒)도 받지 않은 사미가 무슨 중이야? 하하…… 군주마마와 하룻밤을 보낼 수 있다면 뭐든 할 수 있지!"

일명은 말을 하면서 그녀의 속곳을 더 잡아당겼다.

아래 붉은 고의가 눈에 들어왔다.

매끈하게 뻗은 허벅지가 희미한 불빛 아래 고혹적으로 빛을 뿜었다. 일명의 가슴도 뛰었다.

"아하, 가슴에도 배에도 묘한 점이 있군?"

흥미롭다는 듯 일명의 시선이 그녀의 가슴과 배를 내리 훑었다.

일명의 손이 배를 어루만지자 경운 군주는 치를 떨었다.

"이, 이러고도 네놈이 무사할 줄 아느냐?"

"죽은 자는 말이 없지."

일명은 희미하게 웃었다.

동시에 경운 군주는 자신을 엄습하는 살기를 느꼈다.

자신을 내려다보는 일명의 눈에서는 무서운 살기가 이글거리고 있었다. 갑자기 전혀 다른 사람이 된 것만 같았다.

눈에서 불꽃이 쏟아져 뇌리를 꿰뚫는 듯했다.

그녀의 눈동자가 공포로 얼어붙었다.

"계속 귀찮게 쫓아오면 머리 아프니, 차라리 널 죽여 버리는 게 편하지. 내가 널 죽인 걸 누가 짐작이라도 할 수 있겠나? 살인범을 쫓다 보면 날 쫓는 건 유야무야 되고 말겠지."

음산한 일명의 속삭임이 천둥처럼 경운 군주의 뇌리를 울렸다.

"그, 그런……."

경운 군주의 얼굴이 하얗게 질렸다.

죽음의 공포가 그녀를 엄습했다.

그녀는 사나운 성품을 가졌고 교만했다.

사람의 목숨을 파리처럼 여겼고 눈짓 하나로 모든 걸 이룰 수 있었다. 교만하지 않기가 어려웠다. 누구나가 그녀의 말 한마디를 어렵게 생각했고 그녀를 거슬리지 않았다.

그런 그녀였기에 일명과 같은 사람은 가히 천적과 같았다.

지금까지 봤던 어떤 사람과도 달랐기 때문이다.

"뭐, 뭘 바라는 거야?"

그녀가 공포에 짓눌려 헐떡거리며 물었다.

"다시는 나를 쫓지 말고, 소림사에다 대고 날 찾으라는 강요도 하지 마. 안 그러면……."

일명은 갑자기 그녀의 가슴을 움켜잡았다.

"아!"

그녀의 전신이 벼락을 맞은 듯 떨렸다.

"잊지 마! 언제, 어느 때라도 널 죽일 수 있음을……."

"아악! 제발……."

그녀는 발버둥 치면서 소리쳤다.

하지만 그녀는 움직일 수 없었고 소리도 낼 수가 없었다.

지독한 고통이 일명이 움켜쥔 가슴으로부터 뇌리로 치고 올라왔다. 그리고 부릅뜬 눈에는 일명의 무서운 눈빛이 내리 꽂혔다.

푸들푸들, 그녀의 전신이 공포와 고통으로 경련을 일으켰다.

제석참마공.

그 신공이 일명의 손에서 그녀에게로 쏟아져 나가고 있었다.

전신이 산산조각나는 것만 같다.

죽을 것만 같은 공포가 전신을 휘감았다.

그녀가 마침내 눈을 하얗게 까뒤집고 정신을 놓았다.

공포와 고통을 견딜 수가 없었던 것이다.

*　　　*　　　*

"아—아악!"

찢어지는 비명.

놀란 사람들이 어둠 속을 이리 뛰고 저리 뛰는 것이 보였다.

십여 장이나 떨어진 잣나무 그늘 위.

일명은 거기에서 그 광경을 내려다보고 있었다.

성질 더러운 경운 군주가 자신이 나온 후, 발광을 하지 않으면 오히려 이상한 일일 터이다. 하지만 그렇다고 해서 자신이 시킨 대로 하지 않을 수는 없을 것이었다.

이미 그녀는 공포에 질려 있었다.

심령으로 공제(控制)가 되어버렸기 때문이다.

일명이 보낸 지난 오 년은 결코 보통 사람들이 상상할 수 있는 시간이 아니었다. 금제가 풀린 것을 안 다음에도 장경각 출입은 그치지 않았고, 나한당이며 달마원까지 수련하는 곳을 뻔질나게 드나들었다. 보고 들은 모두가 모래에 물이 흡수되듯이 일명의 것이 되었다. 거기에 약왕당에서의 공부도 쉬지 않았다. 자신의 금제가 풀린 것을 알리고 싶지 않아서 연극을 한 점도 있었지만 의술 자체를 배우는 것도 재미가 있었던 것이다.

천재라는 것이 보통 사람과 어떻게 다른가를, 그 성취를 누군가가 보았다면 절절히 깨닫고도 남을 세월을 일명은 보냈다.

그 성취는 가히 세상이 경악할 정도였다.

이제부터 그것을 세상은 보게 될 것이었다.

그 세월 동안, 일명은 제석참마공이 지닌 힘을 알게 되었다.

참마팔법이라는 제석참마공의 운용법은 단순한 초식이 아니었다.

그 하나하나가 고심(高深)한 신공기학(神功奇學)이었다.

경운 군주에게 시전한 참마팔법의 제육초 금종진천하, 금종이 천하를 울리다라는 초식에는 세상을 놀라게 할 음공(音功)이 포함되어 있었다.

경운 군주는 이미 일명에게 공포를 느끼고 있었다.

그렇게 두들겨 맞았으니 너무 당연한 일.

꿈에서라도 그녀가 언제 그렇게 맞아본 적이 있을 것인가.

게다가 누구도 들어올 수 없는 경비를 뚫고 자신의 몸 위에 올라타고 있음을 자다 깨어 보았으니 어찌 놀라지 않을 것인가?

자신의 처소에서 불목하니에게 강간이라니…….

그녀의 정신이 공포와 공황(恐惶)에 이른 것은 너무 당연했다.

그런 그녀의 정신을 흔들어 감히 배반할 수 없는 협박을 가하는 것은 일명에게 있어 그리 어려운 일이 아니었다.

　"나를 쫓고 싶다고? 얼마든지 해봐. 이 허벅지와 이 젖꼭지 옆에 있는 예쁜 점의 모양까지 내가 다 소문을 내주지! 하하, 잘해봐."

　아직 누구도 만지지 못한, 자신의 몸을 주물러 대면서 한 일명의 말에 그녀는 완전히 질리고 말았다.
　지금까지 상대했던 그 누구와도 다른 괴물.
　상식이 통하지 않는 놈.
　그게 일명이었던 것이다.
　황족.
　게다가 처녀인 그녀였다.
　제아무리 제멋대로인 그녀라 할지라도 그런 소문이 난다면, 고개를 들고 밖으로 나갈 수가 없을 것이고 시집이라도 가게 된다면…….
　결국 일명이 나간 다음, 그녀는 옆에 있던 물건들을 모조리 집어 던지면서 발광을 하기에 이른 것이다.
　"까아―아악!"

셋째 마당

일명은 싱숭생숭한 표정으로 달리고 있었다.

화경 공주에게 더 이상 자신을 쫓지 말라고 강짜를 부려대는 경운 군주의 말까지를 듣고 나서 일명은 그곳을 떠났다.

거리가 너무 멀어 보통 사람이라면 결코 들을 수가 없었겠지만 일명은 불문대법으로 그것을 들을 수가 있었다.

천청대법(天聽大法).

얼마 전까지는 공력이 모자라 제대로 운용하지 못했던 신공.

'거참…….'

일명은 입맛을 다셨다.

그의 뇌리에서 경운 군주의 나신이 꿈틀거렸다.

처음에는 정말 그녀를 짓밟아 욕보일 작정으로 그녀의 몸 위로 올라 갔었다.

여자는 눌러주면…… 이라는 소리를 개봉 뒷골목에서 너무도 많이 들어서 정말인가 해볼 작정이었다.

어차피 소림사도 떠날 거, 파계 따위야…….

그렇게 생각했었는데 마지막 순간에 눈앞을 어른거리는 그림자 하나 때문에 하지 못했다.

지난 몇 년간을 한 번도 자신의 뇌리를 떠나지 않았던 천사.

바로 약지였다.

그녀를 떠올리자 차마 할 수가 없었다.

해서 겁만 주고 말았다. 하지만 생전 처음 접한 여체의 풍요로움은 이 겉만 교활한 사미의 가슴을 쿵쾅거리게 하기에 부족함이 없었다. 그것도 일반인이 아니라 금이야 옥이야 자란 군주의 나신이니 오죽할 것인가.

개봉성에 그냥 있었다면 몰라도 지난 오 년간 여인의 나신이라고는 구경조차 하지 못했으니…….

"젠장!"

공연히 아랫도리가 묵직해 뭔지 찜찜하기만 했다.

그렇게 머리를 흔들던 일명은 문득 그 자리에 섰다.

그의 움직임은 은밀하고도 빨랐다.

기왕 떠날 거 더 이상 망설일 이유가 없었다.

그렇기에 경운 군주의 거처를 떠나자마자 소림사를 벗어나 숲으로 해서 내달리는 중이었다. 숭산 전역을 사람들이 덮고 있다 할지라도 일명에게는 아무런 위협이 되지 못했다.

누구도 밤길을 일명보다 더 잘 알 수가 없을 것이기 때문이다.

그런데, 소림사를 채 벗어나기도 전에…….

"누구요?"

슬쩍 몸을 틀어 소리없이 몸을 숨겼지만 강한 기세가 자신을 압박함을 깨달은 일명은 흠칫 놀라 낮게 물었다.

방금 전까지 없던 기세였다.

그런데 그가 숲으로 몸을 숨기자마자 기다렸다는 듯이 그를 압박해 오는 기세라니!

"……."

대답은 없었다.

그렇다고 해서 기세가 사라지는 것도 아니었다.

미간을 찌푸린 채로 눈앞의 어둠을 응시하던 일명은 앞으로 한 걸음을 내딛었다.

기세가 숨이 막힐 듯 강렬해졌다.

"길이 막혔다는 이야긴가?"

문득 일명이 중얼거렸다.

동시에 일명은 어깨를 흔들었다.

찰나간에 그의 신형이 숲을 옆으로 흘러갔다.

주위를 살피고 문제가 없는 곳을 택해 빠져나갈 생각이었다.

그러나.

"……!"

일명은 미간을 찡그렸다.

다시금 앞쪽에서 강렬무비한 기세가 자신을 덮쳐 온 것이다.

그것을 필두로 좌우에서 힘이 느껴졌다.

'어떻게 이렇게 된 거지?'

일명은 잔뜩 인상을 쓴 채로 주위를 둘러보았다.

어둠 속.

누군가가 자신을 둘러싸고 있었다.

좀 더 정확히 말한다면 자신을 기다리고 있었다고 해야 할 것이었다.

어떻게 해야 할까?

잠시 당황했던 일명은 공력을 끌어올렸다.

막는다면 돌파해야 할 것이기에.

그때.

"아미타불⋯⋯."

낮지만 힘이 실린 불호가 들려왔다.

"이리 오너라."

뒤를 잇는 음성.

그 음성을 들은 일명은 뜻밖이란 표정으로 눈을 크게 떴다.

지금 이 시간에 여기에 있을 목소리가 아니기 때문이다.

희미한 어둠이 달빛에 쫓겨 여기저기 쑤셔 박히고 있었다.

어둠의 그늘은 숲 속에서 여전히 맹위를 떨치지만 하늘에서 쏟아져 내리는 저 달빛만은 어찌하지 못했다.

그 달빛을 받으며 한 사람의 노승이 바위에 앉아 있다.

살쩍까지 드리운 백미와 긴 수염을 표표히 밤바람에 흩날리면서.

놀랍게도 그는 소림사의 장문인 심혜 상인이었다.

"뜻밖이냐?"

"예."

일명은 그의 앞에서 답했다.

정말 뜻밖이었다.

장문인이 자신의 앞에 나타나다니…….

더구나 자신의 행로를 짐작이라도 한 것처럼, 여기에서 기다리고 있다는 것은 너무도 의외였다.

"떠날 생각이냐?"

"예."

"이렇게 떠나면 끝이라고 생각했더냐?"

"이미 사조께 말씀을 드렸습니다."

"말은 들었다. 하지만……."

심혜 상인은 안색을 굳혔다.

"너는 소림의 절기를 익혔다. 그리고 너는 황실의 금지옥엽을 욕보여 천하의 어디를 가더라도 편하지 못할 것이니 이렇게 떠나는 것은 바람직하지 못하다."

"그 문제는 염려하지 않으셔도 됩니다. 제가 처리를……."

"네가 어떻게 처리를 했는지는 모르겠지만, 황실에는 체면이란 것이 있다. 남의 눈을 봐서라도 일단 시작한 일은 중도에 그치지 않는다. 소림사에 요구한 네 신병 인도 또한 아직 철회되지 않았다."

"철회될 겁니다."

"……."

일명의 고집스러운 얼굴을 바라보던 심혜 상인은 미미하게 웃었다.

"아미타불…… 세상이 네 생각대로라면 오죽 좋겠느냐마는……."

그는 문득 길게 불호를 외더니 정색을 했다.

"너는 지난 오 년간 소림을 속였다고 생각했을 것이다. 눈치를 보면서 나한당이나 달마전, 약왕당, 장경각에서 심지어는 장생전까지 들락

거린 것을 나는 다 알고 있다."

"그 정도야 당연히……."

"그 과정에서 너는 소림사의 절기를 최소한 서른두 가지를 익혔다. 내가 받은 보고가 정확하다면 네가 익힌 소림사의 절기는 마흔하나겠지."

그 말에 일명은 입이 벌어졌다.

"네가 장경각에서 본 책은 그간 모두 천칠백구십사 권이다. 불경도 포함되어 있지만 네가 읽은 책은 그 분류가 의도와 무학에 집중되어 있었고, 간혹 기문(奇門)에 대한 것도 있었지."

이어진 심혜 상인의 말에 일명은 더욱 놀라지 않을 수가 없었다.

"저를…… 한순간도 놓치지 않고 감시를 하셨군요."

일명의 얼굴이 차갑게 굳어졌다.

"감시라……."

심혜 상인은 미미하게 웃었다.

"그럴 수도 있겠지. 하나 너도 알고 있듯이 너는 천살지기를 지녔다. 자칫 잘못하면 천하에 일대 호겁을 불러일으킬 수가 있으니 너를 거둔 본 사로선 신중하지 않을 수가 없는 것이지. 본 사의 잘못으로 네가 마성에 사로잡혀 천하를 피로 씻는다면 어찌 본 사의 잘못이라 하지 않을 수 있겠으며, 그 업(業)을 어찌 감당할 수가 있겠느냐? 본 사의 잘못이나 책임이 문제가 아니라, 그 태만으로 인해서 엉뚱한 사람들이 피해를 본다면 그 잘못을 누가 감당할 수 있겠느냐?"

그의 말은 구구절절 옳았다.

"저를 보낼 수 없다는 말씀이십니까?"

그 말에 심혜 상인은 웃음 지으며 물었다.

"네 생각에는 어떠냐? 널 보내야 할 것 같으냐? 아닐 것 같으냐?"

일명의 답은 조금도 망설임이 없었다.

"제게 원하는 걸 말씀해 주시지요."

"원하는 것?"

"예. 절 막으려면 사람을 시켜 막으면 될 것이니, 굳이 장문사조께서 친히 올 필요는 없었을 겁니다. 복잡한 일들이 많이 얽혀 있을 텐데…….
그렇다면 하나뿐이지요. 제게 뭔가 원하는 게 있으신 거겠지요."

희미한 웃음이 심혜 상인의 얼굴에 맴돌았다.

"역시 가르칠 만한 재목이로구나. 심경이 너를 귀히 여기는 것은 당연한 일이지. 아미타불……. 거기 앉거라."

심혜 상인의 말에 일명은 잠시 망설이다 그 앞에 무릎을 꿇고 앉았다.

앞이라야 바닥이고 바위 위였다.

심혜 상인은 바위 위에 결가부좌를 한 채로 그를 기다렸었다.

"그런?"

일명은 흠칫, 고개를 치켜들었다.

"이 일은 너와 나만이 알아야 한다. 누구에게도 알리지 말아야 할 것이니 할 수 있겠느냐?"

"선택의 여지가 있습니까?"

"허허허, 아미타불…… 당연히 있지 않겠느냐? 소림에 머물든지, 네가 원하던 세상에 나가든지…… 그건 네 선택에 달렸다."

"음, 그런데 이 주위를 둘러싼 분들이 절 막을 수 있을까요?"

문득 일명이 눈을 깜박거렸다.

까짓거 수틀리면 도주하겠다는 의사 표시에 다름이 아니다.

"천라지망. 세상 어디를 가더라도 하늘을 벗어날 수 없듯이 당대의 그 누구도 이 자리를 벗어날 수는 없다."

"정말 그럴까요?"

"시험해 보겠느냐?"

"아뇨."

"음?"

"그냥 일을 하면 될걸, 굳이 힘 빼서 뭘 하겠습니까? 그걸 안 하겠다고 하면 소림사랑 영원히 등져야 할 텐데요. 그나저나 어떤 분들인지요? 십팔나한은 소림사에 없는 걸로 아는데…… 열여덟 명이나 되는 분들이라니……."

일명의 말에 심혜 상인은 놀라 눈을 크게 떴다.

"저들의 기척을 모두 느낄 수 있더란 말이냐?"

"대충은……."

일명은 말끝을 흐렸다.

'어쩌면 나는 이 아이의 능력을 너무 과소평가한 것일까?'

생각이 동하자 문득 심혜 상인의 승포가 바람도 불지 않는데 저절로 펄럭이기 시작하였다.

동시에 일명은 가공할 압력을 느껴야 했다.

"으음!"

나직한 신음과 더불어 일명의 몸에서 강한 힘이 일기 시작했다.

전신이 부르르 떨리면서 일명의 몸은 정상을 되찾았고 그 놀라운 광경에 심혜 상인은 놀란 빛을 떠올렸다. 그리곤 이내 한 손을 쳐들었다. 그 손에서는 맑은 서기(瑞氣)가 일었다.

일명도 한 손을 들었다.

마주 손을 들었지만 장강대하와 같이 면면부절히 밀려오는 선공내기(禪功內氣)를 견뎌내기가 어려웠다.

'이익!'

이를 악물었지만 점점 강해지는 기운은 단순히 극강한 것만이 아니었다. 부드러운 가운데 또한 강력하여 일명은 그것이 세상에 이름 높은 소림사의 반야대능력임을 알 수 있었다.

'날 죽이려는 건가!'

몇 가지의 무공을 연달아 시전해도 견딜 수가 없었다.

일명의 얼굴이 금방 붉게 달아올랐다.

심혜 상인의 무공은 세상에 알려지지 않았다.

그는 불승(佛僧)으로 알려져 있었고, 무공 방면으로는 소림제일이 아닌 것으로 되어 있었다. 그러나 지금 그가 시전하는 무공은 세상이 아는 한계를 이미 한참 벗어나 있는 것이었다.

"무례를!"

일명의 입에서 신음 소리가 흘러나왔다.

동시에 일명은 손가락 하나를 꼿꼿이 세워 앞으로 찔러갔다.

쒜이―이익!

강렬한 소리와 함께 맹렬한 바람 기둥이 손가락 주위에서 회오리치면서 일어났다.

"일지선(一指禪)!"

놀란 심혜 상인의 외침이 흘러나왔다.

동시에 그는 쳐들고 있던 손바닥을 흔들었다.

강력한 힘이 파도처럼 일어나 그를 향해 날아드는 일지선의 경력을 쳐 흩뜨렸다.

······.

서서히 바람이 잦아들었다.

강력하게 치밀어 올랐던 회오리바람이 자면서 사방으로 날아다니던 나뭇잎들도 천천히 내려앉았다.

심혜 상인의 모습이 드러났다.

하지만 일명의 모습은 보이지 않았다.

천천히 심혜 상인이 신형을 일으켰다.

어둠이 그의 시야를 가로막았다.

"내가 자칫 혈룡(血龍) 한 마리를 세상에 풀어놓은 것이 아닌지 모르겠구나. 아미타불······."

그의 깊은 시름만이 숲에 남았다.

이제 일명은 소림사를 떠났다.

넷째 마당

어둠은 숲을 덮었다.

안개는 어둠의 숨결에 따라 스멀스멀 숲 속을 감돌고 있었고, 이따금 들리는 부엉이의 신음과 여우의 속삭임이 음울하게 머리끝을 잡아당기는 밤이다.

그 숲 안개를 헤치며 한 사람이 터벅터벅 걸음을 옮겨놓고 있었다.

너덜거리는 승포.

풀풀 날리는 술 냄새.

그는 손에 든 호로를 거꾸로 입에다 처박았다.

하지만 이내.

"이런, 술도 없단 말인가!"

그는 탄식을 터뜨리면서 술호로를 공중에 대고 흔들었다.

그런다고 없는 술이 나올 리가 없다.

술병을 치켜들고 떨어지는 한 방울의 술이라도 핥으려던 광승은 그만 바닥의 돌부리에 걸려 앞으로 고꾸라지고 말았다. 어둠 속을 허우적거리면서 앞으로 걸어가면서도 술병을 치켜들고 흔들어댔으니 돌부리에 걸려 넘어짐은 어쩌면 너무 당연한 일이었다.

땅바닥에서 허부적거리던 광승은 이내 네 활개를 펴고 바닥에 눕고 말았다.

하늘의 달이 유난히도 밝다.

시리도록.

"……"

물끄러미 그 달을 올려다보고 있던 광승은 문득 푸들푸들 웃기 시작했다.

"심생멸(心生滅), 심진여(心眞如)…… 내 마음은, 나는 어디에 있는가? 심수야, 심수야! 너는 부처의 끝자락을 언제까지 추하게 붙들고 있을 것이냐?"

네 활개를 펼친 채 중얼거리는 광승.

그때였다.

"무엇이 마음에 생기며, 무엇이 참이더냐?"

난데없이 들려오는 음성.

"……!"

광승의 전신이 부르르 떨렸다.

"……"

그는 그 자리에 꼼짝도 하지 않고 누워 있었다.

마치 거기에 그냥 굳어버린 석상처럼 보였다.

머리를 들지도 않았다.

아무 말도 듣지 못한 사람처럼.

다시 들려오는 소리.

"못난 놈. 당장 일어나지 못하겠느냐!"

벽력같은 꾸짖음.

광승은 천천히 몸을 일으켰다.

한 사람.

언제부터였을까?

노승 한 사람이 달빛을 즈려 밟고 선 채로 그를 보고 있었다.

놀랍게도 그는 다른 사람이 아니라, 소림방장인 심혜 상인이었다.

그를 본 광승의 눈꼬리가 파르르 떨렸다.

"……."

"방황은 잠시. 하지만 너라면 충분히 마음을 잡고 되돌아오리라 믿었다. 그런데 무엇이냐? 그 오랜 세월을 흔들리고도 아직도 그 모양이라니! 그게 정녕 내가 믿었던 심수의 본모습이었단 말이냐?"

심혜 상인의 준엄한 꾸짖음.

잘못이 있다면 그 자리에 무릎을 꿇게 만들 힘을 가진 꾸짖음이었다. 하지만 그 말을 들은 광승의 얼굴에서는 푸들푸들 괴악한 웃음이 걷잡을 수 없이 터져 나오고 있었다.

"큭큭큭…… 내가 믿던 심수라? 소림사의 방장이 파계를 한 것도 모자라 그 아들을 자신의 후계자로 삼으려 했던 추악함을 목도하고도 아무렇지도 않게 가면을 쓰고 있었더라면, 그랬다면 당신이 믿던 그 심수였겠습니까?"

격하게 말을 쏟아내던 그의 얼굴이 일그러졌다.

"세상을 속이고, 나를 속이고 자신마저 속이면서 고승대덕인 양, 혹

세무민하는 것은 전과 조금도 다름이 없군요. 그분은 참회하는 빛이라도 있더니…… 당신은 여전합니다, 장문사형! 당신을 이렇게 불러야 합니까? 아니면 아버지라고 불러야 합니까?"

문득, 광승의 눈에서 불이 뿜어졌다.

어조에서도 불길이 뿜어져 나오는 것 같았다.

격렬한 대응.

일전불사라도 할 듯한 그의 격한 반응에도 심혜 상인의 태도는 조금도 변함이 없다.

실로 세상이 놀랄 만한 일이 밝혀지고 있음에도.

아버지라니!

"나무아미타불…… 그때의 일은 누구도 책임지기 어려운 상황이었다. 하지만 지금에 이르러 너에게 그걸 이해하라고 말하고 싶지 않다. 네가 나를 무엇으로 불러도 좋다. 하지만……"

심혜 상인의 눈빛이 깊어졌다.

"내가 너를 따로 돌보지 않고 사가(私家)에 맡겨두었음은, 너와의 인연이 그것으로 다였다고 생각했기 때문이다. 그런 네가 나도 모르는 사이에 소림사로 들어와……"

"크와아핫핫핫하하……!"

갑자기 광승이 미친 듯이 웃어댔다.

"그, 그 거짓말을 또 합니까? 이제 바꿀 때도 되지 않았습니까? 십년이 지난 다음에도 꼭 같은 거짓말을 하다니……"

"바보 같은 놈!"

광승의 말은 심혜 상인의 질타에 끝이 잘렸다.

"내가 너를 속이려면 무엇 하러 같은 소리를 할 것이냐? 또한 너를

내가 데려오고자 했다면 너를 왜 나와 같은 배분인 심자배로 받아들였을 것이란 말이냐?'

심혜 상인의 말은 줄줄이 이어졌다.

"소림이 아닌, 저 멀리 절강 땅에 있던 네가 하필이면 소림사로 들어왔고, 나도 모르는 사이에 나의 막내 사제가 되었다면 그 또한 인연이 없었다면 이루어질 수 없는 일. 어찌 그 일로 인해 너를 버리고 세상을 등지는 것이 어찌 올바르다 할 것이냐!'

"크크크…… 그럼 운명이로구나! 라고 받아들이고 아무 일도 없었던 것처럼 세상을 속이라는 것이로군요? 역시 대단하십니다! 대단……"

"그걸 말이라고 하느냐!'

심혜 상인이 꾸짖었다.

"너의 그릇이 정녕 그것밖에 되지 않더란 말이냐? 네가 정녕 법(法)을 구하고자 한다면, 구하는 것이 없어야 했을 것이다. 마음 밖에 부처가 따로이 있지 않으며, 부처를 떠나 따로이 있는 마음도 없는 법. 선(善)을 취하지도 말며, 악(惡)을 버리지도 말라는 말이 어찌 멀리 있는 말이더냐?'

무소구행(無所求行)!

달마의 《이입사행론》에서는 행입(行入), 구체적인 실천 방법을 넷으로 나누어 설명하면서 그 세 번째로 무소구행을 든다.

세상 사람들은 늘 미혹(迷惑)에 빠져 여기저기에 탐착(貪着:탐하여 집착)하면서도 그것을 구(求)한다고 말한다. 하지만 지혜로운 사람은 진실을 깨달아 밝은 이치로 속됨을 헤쳐 나간다 하였다. 마음을 애써 꾸미지도 않고 즐거움도 바라지 않는다. 육신이 있는 한 모든 것이 고통일 뿐, 평안함을 얻을 수 없으니 이러한 이치를 깨닫고 나면 모든 번뇌가 끊어져 비로소 구하는 것이 없어지게 된다.

심혜 상인의 말이 바로 그 무소구행을 의미함을 어찌 광승이 알아듣지 못하겠는가.

자신의 이 행동이 바로 집착임을 그도 알고 있었다.

하지만 알고 있음에도 마음이 떠나지 않음을 어이 할 것인가.

"깨끗함과 더러움, 어느 것도 믿어 의지하지 말라. 죄(罪)의 본질은 텅 비었다! 이러한 사실을 깨달으면, 쉬지 않고 오가는 번뇌(煩惱)의 고리도 끊어져 버린다. 번뇌라는 것도 고정적인 본질을 가지고 있지 않기 때문이다. 이런 까닭에 일체(一切)의 세계는 오로지 마음일 뿐이며, 모든 현상은 결국 일법(一法)이라는 도장으로 모양 지어 찍어낸 도장자국일 뿐이다. 네가 이 이치를 정녕 모른단 말이냐!"

심혜 상인이 발을 굴렀다.

쿠웅—!

강렬한 진동이 일대를 울렸다.

가슴을 차는 진각(震脚)!

그 진동은 심산의 폭포수가 쏟아지듯 거대한 설법(說法)의 줄기로서 광승, 심수의 마음을 쳐 흔들었다.

안색이 달라졌던 광승은 이내 항변하듯 외쳤다.

"선사(禪師)의 간화(看話)로 날 현혹하려 하지 마십시오!"

그의 외침도 지지 않으려는 듯 격렬했다.

그러나.

"색즉시공(色卽是空), 공즉시색(空卽是色)임을 부정하려는 것이냐!"

눈을 부릅뜨고서 외치는 심혜 상인의 선갈(禪喝)에 광승의 가슴은 거대한 북채로 얻어맞은 듯 크게 울리고 말았다.

알면서도 애써 외면했던 그 거대한 법……

"……."

일그러진 얼굴.

굳게 다문 입술.

광승은 잡아먹을 듯한 표정으로 심혜 상인을 바라보고 있었다.

질식할 듯 무거운 침묵.

주위는 참으로 조용하다 못해 고요했다.

바늘이 떨어진다면 크게 울릴 정도로.

바람이 나뭇잎을 흔드는 소리, 풀잎의 끝에 맺힌 안개의 숨결이 이슬로 맺혀 떨어져 내리는 소리까지. 모든 소리, 천뢰(天籟)가 숲에서 숨을 죽이고 있는 듯 보였다.

그 고요를 깨뜨린 것은 광승이었다.

"참 편리하지 않습니까?"

"……."

"불법을 빌어 사람을 현혹할 수 있으니 말입니다. 당신의 모든 것은 이미 형을 벗었으니, 무엇을 해도 걸림이 없다라면…… 그 모든 걸 벗어나 제약을 받지 않는다는 논리는 그 모든 법을 부정케 하고 싶기만 합니다. 필요한 것을 이용하는 느낌만 들어서 말이지요."

미미한 웃음이 심혜 상인의 얼굴 위로 흘렀다.

"그렇게 보이느냐?"

"그렇습니다."

"그렇지 않음을 너도 알 것이다."

그는 정색을 했다.

"이제 너는 돌아올 때가 되었다. 소림은 너를 필요로 한다."

그 말에 광승의 얼굴이 일그러졌다.

"그건가요? 그래서 절 찾아온 겁니까? 이 미친놈이 필요하여?"

"때가 되었을 뿐이다."

"참으로 편리하군요, 그 논리는……. 정말 색즉시공 공즉시색이라면, 무소구행이라면 왜 속세의 일에 집착하는 겁니까? 지금 당장이라도 소림사 방장의 자리를 내놓고 물러날 수 있습니까? 만약 그렇게 할수만 있다면 당신에게 사심이 없음을 믿죠!"

"아미타불……!"

심혜 상인은 반장을 한 채로 길게 불호를 외웠다.

크지 않았음에도 그 불호는 주위를 울렸고 대기를 흔들었으며, 광승의 전신을 머리끝에서 발끝까지 온통 뒤흔들었다.

그리고 조용히 이어지는 음성.

"천하에는 곧 액겁이 닥쳐올 것이다. 자칫 잘못하면 피가 강이 되고 시체가 산처럼 쌓일 수도 있다. 나는 그것을 막기 위해서 이 자리에 있을 뿐이다. 지금 이 자리가 내가 있어야 할 자리이기에."

그 말에 광승의 얼굴이 비틀어졌다.

"만약 내일이라도 모든 것이 끝난다면?"

"네가 원하는 것을 볼 수 있겠지."

"그 말, 믿어도 됩니까? 소림사의 방장으로서?"

"……."

심혜 상인은 묵묵히 그를 바라보고 있다.

"좋습니다."

그 눈을 본 광승은 이를 악물었다.

"뭘 원합니까?"

"······?"

"제게 원하는 것이 있으니 절 찾아온 게 아닙니까? 말을 돌리지 말고 하시지요. 그 일을 끝내고 어떻게 되나 보게 말입니다."

그 말에 심혜 상인은 미미하게 웃었다.

"네가 할 일은 일명을 따라가는 일이다."

"뭐라구요?"

뜻밖의 말에 광승의 눈이 커졌다.

"일명은 천하의 대운(大運)과 관련된 운명을 타고났다. 그가 가는 자리에는 늘 풍운이 따라다닐 것이며, 그 흐름에 따라 그의 운명 또한 결정이 될 것이다. 일명이 잘못되지 않게 네가 보호하길 바란다."

"······."

광승은 묵묵히 그를 바라보고 있다가 갑자기 발을 굴렀다.

동시에 그의 신형이 마치 거짓말처럼 그 자리에서 사라졌다.

놀라운 속도로 어둠을 가르며 숲 속 어둠으로 잠겨 버린 것이다.

"······."

그 모습을 심혜 상인은 착잡한 빛으로 지켜보고 있었다.

"내가 지옥에 들지 않으면 누가 지옥에 들랴. 지옥의 겁화(劫火)가 나를 태울지라도 천하를 구할 수만 있다면 어찌 아까울쏜가. 후우······ 용서하거라, 아들아. 속세의 연은 이미 너를 사가(私家)에 맡길 때 끊어졌느니."

그는 길게 한숨을 내쉬었다.

"아미타불⋯⋯."

잠시 후, 그 자리에는 긴 불호 소리만이 남았다.

저 멀리에서 아침이 달려오고 있었다.

第八章
거향(歸鄉)

첫째 마당

봄의 낮은 졸립다.

머리가 따끈해질 정도의 햇살 아래, 숲 길 저 멀리로 뻗은 관도는 아지랑이들이 아롱거리는 듯 희미했다.

푸르름과 조화된 그 길로 마차의 행렬 하나가 나타났다.

〈천룡표국(天龍鏢局).〉

표기(鏢旗)가 펄럭이는 가운데 표사와 쟁자수들이 표차 십여 대를 호위하여 길을 재촉하고 있었다.

"여기만 지나면 된다. 반나절만 가면 끝이니 모두 긴장 풀지 말고 길을 재촉해라. 숲을 지나자마자 잠시 쉬면서 점심을 먹는다!"

"알겠습니다!"

표두 일선검(一線劒) 정필의 말에 표사 선두이가 그 말을 좌우 전달했다. 먼 여정이 이제 끝나 가는 것이다.

그런데 다음 순간.

앞에서 말을 달리고 있던 일선검 정필은 미간을 찌푸렸다.

길 한복판에 낡은 마차 한 대가 서 있었던 것이다.

거기 매어져 있는 건 비루먹은 나귀 한 마리.

마부조차 보이지 않았다.

"저게 뭐야? 왜 저런 게 있다는 말을 하지 않았나?"

방금 척후를 다녀온 표사 선두이가 괴이쩍은 표정이 되었다.

"제가 돌아올 때까지만 해도 없었는데……."

"주위를 경계해!"

경험 많은 표두 일선검 정필이 손을 흔들었다.

일렬로 관도를 지나고 있던 쟁자수와 표사들이 모두 무기를 잡았다. 날카로워진 눈빛이 주위를 쓸어보았다.

……

고요가 주위를 흘러갔다.

"심상치 않군……."

표두 일선검 정필은 낮게 중얼거렸다.

표차가 움직이는 소리도 멈추었다. 그리고 말도 움직이지 않았고 표행은 숨을 죽인 채로 주위를 경계하고 있었다.

그렇다면 숲에서 들리는 자연의 소리가 들려와야 했다.

그런데 새소리 하나 들리지 않았다.

그건, 누군가가 숲 속에 있다는 의미.

"본인은 개봉 천룡표국의 표두인 일선검 정필이외다. 어떤 친구들이 숲에 계신지 모습을 드러내시오! 이 숲에는 대왕들이 안 계신 걸로 알고 있는데……."

그의 외침에 들려오는 소리는 없다.

조용할 따름.

"나타나지 않는다면 우리는 그냥 가겠소이다!"

그의 외침에 쿨럭거리는 소리가 들려왔다.

"어떤 미친놈이 잠도 못 자게 소리를 지르고 지랄인가, 지랄은……."

"……?"

일선검 정필과 표사 선두이가 마주 보았다.

소리가 들려온 것은 길가에 놓인 낡은 마차 안이었기 때문이다.

마차에서 늙은이 한 사람이 고개를 내밀었다.

눈을 끔벅거리는 늙은이는 백발에 나이는 칠순은 넘어 보이는데, 허름한 옷을 입어 마부처럼 보였다.

"뭐야? 어떤 놈이 시끄럽게 하는 거야?"

뜻밖의 사태에 표국 일행은 난감해졌다.

태산명동에 서일필이라고 쥐새끼 한 마리에 법석을 떤 꼴이었다.

"나참, 노인도 관도의 가운데에다 마차를 세워놓고 잠을 자면 어쩐단 말이오? 그만한 건 알 만한 연치에……."

표사 선두이는 긴장이 풀려 마차로 다가갔다.

순간, 표두 일선검 정필이 소리쳤다.

"멈……!"

"크헉?"

마차의 앞에서 표사 선두이는 전신을 부르르 떨었다.

그는 믿을 수 없는 눈으로 자신의 가슴에다 손을 박아 넣은 마차의 노인을 바라보았다.

"배가 고파서 말이지……."

그런 그를 향해 노인은 히쭉, 웃어 보였다.

그리곤 선두이의 가슴에 박아 넣었던 손을 빼냈다.

우두둑 소리와 함께 그 가슴에서 벌떡거리는 심장이 뜯겨져 나왔다.

이어 그는 그 심장을 그대로 뜯어 먹기 시작했다.

꿈틀거리는 심장의 박동에 따라 핏물이 사방으로 튀었다.

공포스럽고도 끔찍한 광경이었다.

"저, 저럴 수가!"

일선검 정필의 얼굴이 하얗게 질렸다.

저건 평범한 마부일 리가 없다.

그리고 또한 평범한 무림인이나 마도인도 아니었다.

슬쩍 손을 휘둘러 심장을 뽑아낼 수 있다면, 게다가 그걸 씹어먹는다면 악독한 마공을 익힌 마두일 것이 분명했던 것이다.

"으악!"

"으아—악!"

갑자기 뒤에서 비명이 터져 나오기 시작했다.

"뭐, 뭐야?"

수십 명의 청포인들이 좌우 숲에서 쏟아져 나와 공격을 하고 있었다.

너무도 엽기적인 광경에 넋을 놓았던 표국 사람들은 채 손도 쓰지 못했다. 게다가 실력 차이마저 있었다.

표물을 노리는 자들은 뻔하다.

그리고 그 뻔한 자들은 표국과 적당히 타협을 한다.

그런데 이자들은 아무 말도 하지 않고 길을 막고는 무자비하게 죽이기 시작하니, 처음부터 달랐다.

일선검 정필은 죽음을 예감했다.

하지만 이해할 수가 없었다.

보통 도둑이라면 몰라도 이런 자들이 달려들 물건이 아니었다. 그의 표행이 싣고 있는 것은 금은보화가 아니라, 포목이었던 것이다.

둘째 마당

개봉.

늘 떠들썩한 거리.

중와자 끝에 자리한 포목점 하나의 모습이 번듯하다.

명주전.

언젠가 보여진 바 있던 그 포목점.

이미 육 년이란 시간이 지나서인지 그 포목점도 전과 달리 점포가 커져 옆의 두어 개의 점포를 합한 규모로 난전(亂廛)의 분위기는 이미 벗어난 듯했다.

하지만.

"뭐라고 했느냐?"

작년에 삼촌이 은퇴한 다음, 실질적으로 포목전을 물려받은 송진도는 굳은 얼굴로 앞에 있는 사람, 소식을 가져온 포목전의 집사 소부를 노려보았다.

"저희도 어쩔 수 없었습니다."

쾅!

"어쩔 수 없었다? 계약금까지 받은 물건을 다른 곳에다 넘기고도 그게 말이나 된다고 생각한단 말이냐!"

명주전 내의 팔선탁을 내려치는 송진도의 눈은 활활 타오르고 있었다.

"물건을 넘기지 않았으면 우리들은 모두 죽었을 겝니다."

소부가 음성을 낮추어 낮게 속삭였다.

"그게 무슨?"

송진도의 안색이 달라졌다.

"알아보십시오. 우리 물건만이면 명주전이 버틸 수 있겠지만, 우리가 당한 걸 보면……."

그때였다.

"전주님!"

다급하게 한 사람이 뛰쳐 들어왔다.

송진도가 미간을 찡그렸다. 저렇듯 허둥대는 것은 평소 그가 가르친 것이 아니기 때문이다. 더구나 지금은, 하지만 서기 장일부가 다급히 내뱉는 말에는 그도 안색이 달라질 수밖에 없었다.

"서, 서안에서 오던 물건들이, 물건들이……."

"물건이 어찌 되었단 말이냐?"

"스, 습격을 당했답니다! 천룡표국 일행이…… 물건을 호송하던 그 일행 모두가 몰살을……."

송진도의 얼굴이 창백해졌다.

지난 몇 년간 벌여온 사업이 하루아침에 명재경각에 처했다.

어찌 이런 일이…….

송진도는 명주전을 물려받자 사업을 확장했다.

단순히 받아서 팔던 판매에서 서역의 비단과 변주(汴綢) 등 각종 포목들을 명주전의 창고로 받아들이고 점포 간의 거래를 중개하는 중개상이 되었던 것이다.

불과 이 년 만에 명주전은 지난날에 비해 세 배가 커졌다.

개봉성 내에서 아옹다옹하던 점포들이 시기하여 방해를 했지만 욱일승천의 기세로 발전하는 명주전을 어찌할 수는 없었다.

이미 명주전에 등을 돌리고는 장사를 할 수 없을 정도로 명주전의 세가 커져 버렸던 것이다.

그 힘을 바탕으로 명주전은 표국업을 인수했다.

천룡표국이 바로 그 명주전의 물류를 담당하는 곳이었다.

위탁에서 직접 물류까지 하게 되면서 불어나는 결제는 몇 군데의 은호(銀號:전장)와 하다가 마침내 그중 하나를 인수한다는 소문도 있었다. 거기에 들리는 소문으로는 가장 막강한 힘을 발휘하는 휘상(徽商)과 곧 손을 잡게 될 것이라고도 했다.

말 그대로 매일매일이 괄목상대였다.

이번 건, 서역 비단과 포목들.

그리고 지금 이야기하던 수화전(繡花廛)의 건까지를 아울러 거래를 하고 나면 명주전은 명실 공히 개봉제일의 상회(商會)로 우뚝하게 설 것이고, 각지의 상방과도 거래를 트게 될 순간이었다.

그런데…….

"몰살이라니? 설마 물건뿐 아니라, 사람들까지 모두 죽었단 말이냐?"

"그렇답니다."

서기 장일부의 말에 송진도는 얼굴이 하얗게 질리고 말았다.

그런 말도 안 되는 일이 생기다니!

"오늘 오후에는 도착한다고 하더니, 어려운 자리를 모두 지났을 텐데…… 어떻게 그런 일이 생겼단 말이냐? 대체 누가 그런 짓을?"

"모르겠습니다. 급히 연락을 받아서……."

습격을 받고 몰살을 했다는데 누가 한 짓인지 금방 드러날 리가 없다. 그걸 알면서도 묻지 않을 수 없도록 송진도의 입장은 다급했다.

그런 모습을 보면서 수화전의 집사 소부는 한숨을 쉬고는 명주전을 나서려 했다.

"잠깐 멈추게!"

송진도의 말에 소부가 걸음을 멈추고 그를 보았다.

"무슨?"

"누군가? 누가 수화전의 물건을 인수했나?"

그 물음에 집사 소부의 얼굴이 굳어졌다.

"그건 말할 수 없습니다."

"말할 수가 없다? 그런 말로 이 자리가 모면될 거라고 보나? 내가 가만있을 것 같아?"

"필요하다면 손해 배상을 하게 되겠지요. 하지만……."

그는 음성을 낮추었다.

"만약 입을 연다면 전 목숨을 내놓아야 할 겁니다. 그리고 명주전에

서 필요했던 물량을 수급하지 못하면 명주전은 손해 배상을 감당할 수
없으니 배상을 요구할 시간조차 없을 겁니다. 후우……."

나직이 한숨을 쉰 그는 포권을 한 다음, 등을 돌리고 사라졌다.

"……."

송진도는 말을 잃었다.

다섯 건의 거래를 만들어냈다.

그중 큰 것은 세 건이었다.

서안에서 오는 서역 비단.

겉으로는 서역 비단이지만 실제로는 서역의 특산품이 골고루 망라
된 아주 중요한 물품들이었다. 그리고 지금 나간 수화전의 수를 놓은
특품 비단과 변주, 견포들…… 또 하나는 대포전(大布廛)과의 면포들.
이미 다섯 건 중 네 건이 무산되었다.

나머지 대포전의 면포까지 잘못된다면 헤어날 길이 없었다.

감당할 수준의 범위를 넘어서는 것이다.

두어 군데와 연결을 했던 거라면 감당할 수 있었지만 욕심을 부려
너무 크게 잡았다.

"아니다! 충분히 감당할 수 있었던 물량이었다."

그러했다.

규모는 적지만 지난 몇 년간 덩치에 비해 이보다 더 큰 건수도 여러
번 있었다. 그런데…….

'누군가가 손을 썼단 말인가? 누가?'

송진도의 얼굴이 사납게 일그러졌다.

탕!

팔선탁을 사납게 내려치면서 송진도는 벌떡 일어났다.

"차비를 차려라, 지금 대포전으로 가겠다."

"저어……."

그의 말이라면 튀듯이 달릴 서기 장일부가 머뭇거리고 있음을 보자 송진도는 가슴이 철렁했다.

"무슨 일이냐? 설마……."

서기 장일부가 고개를 숙였다.

"청룡표국의 일 때문에 깜박…… 대포전에서 피치 못할 사정으로 인해 다음에 거래를 해야겠다고 연락이 왔습니다."

"뭐라?"

"급히 사람을 보내 추궁을 했는데 대포전의 전주께서는 출타 중이라고 하고 포목 담당의 말로는 다른 곳에서 더 높은 시세를 쳐주기로 했다고……."

"그런 말도 안 되는……."

송진도는 문득 다리에 힘이 풀리는 것을 느끼고 털썩 주저앉았다.

"전주님!"

장일부가 놀라 다가왔다.

"되었다. 잠시 혼자 있겠다."

송진도는 굳은 얼굴로 손을 저었다.

"괜찮으시겠습니까?"

"……."

송진도는 말없이 눈을 감은 채로 손만 저어 보였다.

그가 나간 후, 침묵이 시간과 함께 흘러갔다.

누가?

왜?

무엇 때문에 이런 일을 한단 말인가?

"내게 원한을 가진 자가 있던가?"

문득, 송진도가 중얼거렸다.

그럴 수도 있을 터이다.

시기하는 자가 한둘이 아닐 것이었다.

그러나 그런 자들이 이렇게 손을 쓸 수 있으리라고는 믿기 어려웠다.

그것도 한두 군데가 아니고 이렇게 모든 곳이라니…….

대포전의 전주인 한 대포는 욕심이 많은 사람이다. 종종 무리한 요구를 해서 욕을 먹기도 하지만, 일단 맺은 약속은 반드시 지키는 사람이었다. 상계에서 약속을 지키지 않는다면 버티기 어렵다.

작은 곳도 아니고 큰 곳이라면 더 더욱.

그런데 이미 약속을 했음에도 약속을 어긴다? 다른 곳에서 더 높은 시세를 주기로 했다고?

"있을 수 없는 일이야……."

송진도는 이를 악물었다.

이대로 당하고 있을 수는 없었다.

왜 이런 일이 생겼는지 알아봐야만 했다.

누가 이런 일을 꾸미고 있는지.

"결코 이대로 당하고 말 수는 없다!"

창밖을 내다보면서 생각에 잠겨 있던 송진도는 신음하듯 중얼거렸다.

그때.

"누가 노리고 있는 거지?"

난데없는 소리가 뒤에서 들려오는 것이 아닌가.

'누가?'

깜짝 놀란 송진도가 뒤를 돌아보았다.

대체 언제, 어디에서 나타난 것일까?

한 사람.

승포를 입은 자가 그를 보며 서 있었다.

나이는 아직 스물이 되어 보이지 않았다. 파르라니 깎은 머리에 있는 설정(爇頂)의 흔적도 겨우 세 개. 설정이라 함은 따로이 소향파(燒香疤)라고도 하는데, 비구나 비구니가 머리를 향으로 태우는 것을 말한다. 원대에 시작된 이 설정은 출가보살계를 받은 비구가 십이 주(炷)의 향을 태워 흔적을 남긴다. 설정의 흔적이 세 개라는 것은 아직 비구가 아니라 사미라는 의미다.

새끼 중?

"누구요?"

그를 발견하자 송진도는 안색이 달라져서 물었다.

명주전이 커지면서 그도 호위 무사를 두었다.

언제 무슨 일이 있을지 모르기 때문이다. 해서 그의 허락 없이는 이곳으로 출입할 수 있는 사람은 없다.

그런데 어떻게 여기에 들어올 수가 있었단 말인가!

"아미타불…… 빈승은 소림의 일명이라 합니다."

사미는 자신을 향해 웃으며 반장(半掌)을 세워 보였다.

저 반장의 예는 소림사 특유의 이조 혜가를 기리는 예법이다.

"소림?"

그를 보는 송진도의 얼굴이 묘해졌다.

어딘지 모르게 눈에 익은 듯도 하지만 소림사에 아는 사람이 있을
리 없다.

그런데.

"이런, 정말 날 못 알아본단 말이야? 송 형?"

사미라기에는 조금 큰 체격의 그가 짐짓 눈살을 찌푸렸다.

송 형?

그 어조에 고개를 갸웃하던 송진도는 갑자기 눈이 커졌다.

"서, 설마 운비룡?"

"하하, 맞아! 속명이 운비룡이었지. 그래도 잊지 않았군, 송 형!"

그가 웃으며 고개를 끄덕였다.

"이런! 대체 언제 온 거냐? 소림사에서 어떻게 나온 거야?"

"하하…… 소림에서 더 배울 게 없다고 하산하라고 해서 세상을 주
유하려고 잠시 나왔지."

그 말에 송진도는 쓴웃음을 지었다.

오 년, 아니, 육 년 만이다.

그런데도 저 건방진 건 하나도 변하지 않았군.

하지만 밖에서 보았다면 몰라볼 뻔했다.

운비룡인 걸 알자 긴장이 풀어졌다.

"많이 변했구나."

"그렇지 뭐, 시간이 좀 흘렀나. 송 형이야말로 많이 변했네. 이 큰
점포 하며……."

그 말에 정신을 차린 송진도의 안색이 달라졌다.

"우리 회포는 나중에 풀기로 하자. 여기서 쉬고 있어. 내가 잠시 다
녀와야 할 곳이 있어서……."

마음이 급해진 그의 말에 일명이 답했다.

"누구야?"

"······!"

송진도는 그를 바라보았다.

"그게 무슨 소리지?"

"누가 송 형을 노리느냐고."

"그걸 어떻게?"

송진도의 눈에 놀람이 차 올랐다.

"오다가 한 무리의 사람들이 도륙당하는 걸 봤어. 두고 볼 수가 없어서 달려들어서 구해줬지만 너무 늦어서 다 구할 수는 없었지. 그들이 말하더군, 자신들의 주인이 송 형이라고."

"그!"

송진도의 눈이 퉁방울처럼 커졌다.

"무슨 소리야? 서, 설마 청룡표국의 표행을?"

"맞아, 청룡표국."

일명의 말에 송진도는 입이 딱 벌어졌다.

*   *   *

절망적이었다.

일선검 정필은 이를 악물고서 검을 휘둘렀다.

그의 검이 일선검이라고 불리는 이유는 하나의 선을 그리듯 빠른 쾌검을 구사하기 때문이다.

카캉!

하지만 전력을 다한 구명절초, 일선참(一線斬)마저 상대가 장난하듯 손톱으로 튕긴 한 수에 무산되고 말았다. 길다란 손톱은 손톱이 아니라 악마의 창처럼 보였다. 그렇지 않고서야 어찌 손톱으로 튕기는데 백련정강의 검이 이처럼 간단히 반 토막이 되어버리고 만단 말인가.

"꽤나 귀찮게 구는 꼬마로군."

허름한 옷차림의 마부처럼 보였던 노인.

그는 짜증난다는 듯 어깨를 으쓱했다.

목을 돌리자 목에서 으득득 뼈 마주치는 소리가 들렸다.

그 소리에 일선검 정필은 소름이 오싹 끼쳤다.

마치 자신의 목을 비틀어 버리겠다는 시위처럼 보였기 때문이다.

"대체 누구요? 왜 이러는 것이오?"

일선검 정필은 다급히 부르짖었다.

어떻게 해도 손가락 하나 건드릴 수 없는 상대였다.

차이가 나도 너무 났다.

"궁금한 건 귀신이 되면 다 알게 된다. 가서 알아봐."

심드렁한 중얼거림.

하지만 그의 움직임은 전혀 심드렁하지 않았다.

손가락은 이미 일선검 정필의 코앞에 있었다.

두 사람의 거리는 못해도 일 장이나 되었다. 충격을 받은 정필이 뒤로 물러났었기 때문이다.

그런데 언제?

그의 얼굴이 사색이 되었다.

뒤로 물러나던 참이라 제대로 자세를 갖추지도 못했다. 피할 여가도 없었다. 그것이야말로 이형환위(移形換位)라는 내가 상승의 경공이니 그가 어찌 피할 수가 있을 것인가.

그런데.

질끈, 눈을 감았던 정필은 의아하여 눈을 떴다.

목이 부러지면서 처절한 고통을 느껴야 할 텐데 아무렇지가 않았던 것이다.

그리고 들려오는 소리.

"네놈은 누구냐?"

자신의 앞을 한 사람이 가로막고 서 있었다.

승포를 펄럭이는 것으로 보아 중이었다. 등을 보이고 있어 얼굴은 알아볼 수 없었지만.

"당신 나 알아?"

등을 보인 중이 노인에게 물었다.

그 앞에 선 노인의 얼굴이 괴이하게 변했다.

"뭐?"

"그렇잖아! 언제 봤다고 이놈, 저놈이냐? 싸가지없는 늙은이야. 나이를 먹었다면서 출가승을 공경할 줄도 몰라? 아무리 무식해도 그렇지, 불법승(佛法僧)의 삼보(三寶)도 모르나? 내가 그중 승(僧)이야. 보고도 몰라?"

"뭔 개소리……."

"개소리? 늙어서 귀도 안 들리나? 스님의 법음을 개소리라니…… 너희들, 이 스님의 말씀이 개소리로 들리면 그렇다고 말해 봐."

등을 보인 중이 주위를 둘러보았다.

그렇게 드러난 얼굴은 참으로 젊었다.

젊다기보다 앳되다고 하는 것이 옳을 터였다.

그런데 그의 시선을 따라 주위를 둘러보던 정필은 깜짝 놀라 입이 딱 벌어졌다.

방금까지 표사와 쟁자수들, 일꾼들을 도살하던 자들, 그들이 여기저기에 널브러져 있음을 발견한 것이다.

십여 명이나 되던 그들이었다.

그런데 언제?

"봐. 쟤들은 암 소리 안 하잖아?"

그것 보라는 듯 어깨를 으쓱하는 중, 일명.

그 태도에 노인은 기가 막혀서 눈만 굴렸다.

그의 평소 성품이라면 이미 일명의 심장을 꺼내 싱싱한지를 확인했을 터였다. 그러나 그의 공격을 받아낸 것도 모자라 언제 어떻게 했는지 수하들마저 모조리 제압한 놈이었다.

나이가 어리다고 얕잡아볼 놈이 아니었다.

"네놈은 누구냐?"

"알고 싶어?"

일명이 반말로 되물었다.

"알고 싶으면 늙은 너부터 이야기해 봐. 너 어떤 종자냐? 어떤 종자이길래 이렇게 사람을 마구 해쳐? 이유를 제대로 대지 못하면 넌 내일 뜨는 해를 보지 못할 거야. 거기 꿇어앉아서 쫙, 읊어봐."

이 말을 듣고도 참는다면 마두가 아니다.

"이 시팔 노미!"

노인은 얼굴이 시뻘게져서 달려들었다.

정필을 상대로 할 때는 한 손으로 귀찮다는 듯이 손톱만 톡톡 튀기더니 지금은 양손을 다 휘두르고 있는데 귀신의 호곡성과 같은 휘파람

소리가 손가락에서 일고 있었다.

"뭐야? 이 기분 나쁜 소리는? 내가 손가락은 그렇게 쓰는 게 아니란 걸 가르쳐 주지! 불법은 무한하니, 아무리 귀신같은 늙은이라도 구제해야 하니 정말 피곤하구만. 아미타불, 부러져랏!"

말과 함께 일명은 검지손가락 하나를 세워 쭉— 뻗는가 싶더니, 이내 그 손가락을 막대기 휘두르듯이 휘둘렀다.

파파— 카카각!

"크으윽!"

뒤이어 터져 나온 신음.

노인은 손을 부여잡고 급급히 뒤로 후퇴했다.

놀랍게도 그가 평생을 두고 단련해 온 흑풍마갑(黑風魔甲)이라 불리는 조공의 단련된 손톱이 모조리 그 일격에 부러져 나갔던 것이다. 그것도 모자라 손까지 피 범벅이 되어버렸다.

그의 얼굴이 사색이 되었다.

보통 놈이 아닌 건 알았지만 이 정도일 줄이야.

"그걸로 끝날 건가?"

일명은 웃으며 그에게 다가섰다.

순간.

노인이 고함치면서 다급히 손을 휘둘렀다.

펑!

갑자기 검은 연기가 일어 시야를 가득 가렸다.

"이게 뭐야?"

일명은 놀라 뒤로 물러났다.

"네놈, 두고 보자!"

멀리서 저주하는 소리가 들려왔다.

"겁은 많아 가지고서……."

일명은 굳이 쫓을 생각이 없는지 피식, 웃었다.

"놓치지 마세요, 존자! 저 늙은이는 사람의 심장을 씹어먹는 악마입니다!"

정필이 악을 썼다.

"심장을?"

일명의 안색이 변했다.

*   *   *

"놓쳤나?"

"음. 놈이 그런 놈인 걸 알았다면 놓치지 않았을 건데……."

일명은 송진도의 물음에 고개를 끄덕였다.

"같이 공격한 놈들은 잡았다면서?"

"잡았지만 한 놈도 살아남지 못했어. 내가 놈을 상대한 사이에 모두 죽었더군. 사람 목숨이 파리 목숨 같았어. 누군가가 또 있었던 모양인데, 당시 상황이 급해서 난 몰랐지."

말은 태연하지만 당시 상황은 급박했다.

쫓으려다 돌아와 보니 그 모양이었다. 그가 노인을 쫓아갔다면 표행에서는 아무도 살아남지 못했으리라.

"으음……."

결국 아무런 단서가 없단 말이 아닌가.

송진도의 입에서 신음이 흘러나왔다.

"그럼 물건은?"

"무사하지. 그런데 사람들 안부가 먼저 아닌가?"

일명의 심드렁한 대답.

그 말을 듣자 송진도는 긴장이 풀어지면서 다리의 힘이 풀리는 것 같았다.

차 오르는 안도의 기쁨.

그리고 그의 얼굴은 환하게 펴졌다.

"어, 어떻게 이런 일이! 네가 나를 구해주다니!"

송진도는 참지 못하고 일명을 덥석 끌어안았다.

그가 돌아왔다!

천하의 말썽쟁이가……

第九章
위기의 명두전

첫째 마당

쓸쓸한 바람.

봄바람은 따스한 숨결을 머금는다.

그럼에도 예전 집 뒤에 자리한 아버지 노삼의 무덤에 자란 잡초는 불어오는 바람까지 스산하게 만드는 듯했다.

아버지 생각은 별반 하지 않았었다.

늘 꼬장 부리고 술 심부름에 걸핏하면 패던 아버지가 그리 기꺼울 리도, 기억날 좋은 추억도 없는 까닭이다.

언제나 잊지 못하던 것은 형 대호.

그런데 군데군데 자란 잡초가 부는 바람에 흔들리는 모습을 보자 일명은 갑자기 가슴이 저며왔다.

"아버지……."

그의 마지막 눈빛도 가슴속에서 살아나는 것 같았다.

불의 인두, 화인(火印)을 찍는 것처럼 가슴이 아팠다.

일명은 천천히 손을 뻗어 무덤에 자란 잡초들을 뽑았다.

전혀 돌보지 않은 것은 아니었다.

지난 육 년간이나 돌보지 않았다면 이런 정도가 아니라 온통 잡초로 뒤덮여 있을 것이기 때문이다.

"망할! 대호 형은 대체 어떻게 된 거야?"

일명은 문득 쓰라려 오는 눈시울을 손등으로 쓱, 훔치며 중얼거렸다.

딴에는 아무렇지도 않은 척하는 몸짓.

그러나 눈가에 반짝이는 이슬을 감출 수는 없다.

그리고 왜 그렇게 했는지가 드러났다.

들려오는 소리.

"내가 애들을 시켜서 돌보게 했는데도 잡초가 있구나. 미안하다."

송진도였다.

"괜찮아. 이 정도면 양호한데 뭘. 일 처리는 대충 된 거야?"

"부상자들을 옮기고 물건을 안돈했다. 정말 고맙다. 네가 아니면 난 오늘로 파산이었다."

송진도가 진심으로 말했다.

"그런가? 얼마 줄 거야?"

"뭐?"

"나 아니었다면 파산이라며?"

그 말에 송진도는 하하 웃었다.

"내가 파산이면 너도 파산이야. 이건 내 일이기도 하지만, 네 일이기도 하다. 잊었어? 너와 난 동업자라는걸!"

그의 말에 일명은 어이가 없다는 듯 그를 보았다.

"말이나 돼? 내 돈이 얼마나 된다고…… 치사하게 대(大)상인이……."

"얼마가 되든 동업자잖아. 순망치한(脣亡齒寒)! 내가 망하면 너도 망해. 우린 한 배를 탔으니까."

"크게 되긴 글렀군."

"뭐?"

"내가 소림사에서 수도하면서 숙명통을 배워 관상, 운명도 보잖아? 그런데 송형은 쪼잔하게 노는 걸 보니, 크게 되기 글렀다구."

"하하하하……."

송진도는 일명의 말에 껄껄 웃었다.

침울하고 무거운 날이었다. 그런데 일명의 말을 듣자 마치 아무런 부담도 없었던 지난날로 돌아간 듯 편해졌다.

"상황이 애매하여 애들에게는 연락하지 않았다. 어떻게 할 생각이냐? 네가 돌아온 걸……."

"냅둬. 일 끝내고 만나보지. 공연히 잘못 휩쓸리면 애들이 다칠지도 모르잖아. 그보다는 놈들에 대해서는 알아봤어?"

"아무것도."

그의 얼굴이 굳어졌다.

"대포전도, 수화전도 조개처럼 입을 다물었다."

"그들의 물건은?"

"이미 그들에게 없는 것 같다."

"어디로 갔는지 몰라?"

"알아보고 있는 중이다. 그 정도 물량이면 아무리 비밀을 지킨다고 해도 감출 수가 없으니까 곧 알게 될 거다."

"좋아. 앞장서."

"뭐?"

"가자고. 가서 잃어버린 거래를 찾아와야 할 거잖아."

"어떻게?"

"그건 가서 생각하자구."

"여긴 소림사가 아니다. 상거래는……."

"상거래는 무슨…… 거래고 지랄이고 일단 가보자구. 지금 이 상황에서 발만 구른다고 뭐 되는 일이 있어?"

하긴 그랬다.

지금 상황에서 더 손해날 건 없다.

*　　　　　*　　　　　*

수화전.

이곳은 고급의 물품만을 취급한다.

황궁의 진상품까지 직접 만들어 그 성가가 높았고, 소위 한다는 집안에서는 수화전의 물품만 쓴다는 소문이 있는 곳이다. 해서 늘 물건이 모자는 판. 그러나 성가는 높지만 실제로 매출은 크게 높지가 않았다. 물량이 모자라서다.

그걸 탈피하기 위해서 수화전은 다각도로 방향을 모색 중이었다.

이번 명주전과의 거래도 그러해서였다.

"송 전주에게 미안하군."

수화전의 전주인 감 대인은 대청에서 뜰을 보며 중얼거렸다.

어스름한 어둠의 그늘이 드리우는 정원은 가산에 안개가 끼고 배를 타고 저어가야 하는 연못의 끝에 솟은 정자가 아스라이 멀었다. 저기에 불을 밝히면 밤에서도 야경(夜景)이 멋들어진다.

해서 그는 이 자리에서 정원을 보기를 좋아했다.

의자에 등을 기댄 그의 얼굴은 온통 주름살투성이였다. 나이 일흔. 이 바닥에서 뼈가 굵었고 송진도가 태어나기도 전부터 그는 이 수화전의 전주였다.

그리고 늘 송진도를 믿고 도와주기도 했었다.

"후우, 어쩔 수 없지 않겠습니까?"

그 앞에서 허리를 굽힌 집사 소부의 말.

"어쩔 수 없긴 하지. 내가 말년에 이런 협박을 당하다니……."

감 대인은 마시고 있던 찻잔을 움켜쥐었다.

그가 좋아하던 황산모봉(黃山毛峯)이지만 차 맛을 느낄 수가 없었다.

"그자들이 물건을 받으러 왔던가?"

"아직……."

"그렇게 분탕질을 쳐놓고서 정작 물건은 받으러 오지 않았단 말인가? 으음!"

"저……."

집사 소부의 눈빛이 심상치 않았다.

그 눈길을 따라 눈을 돌리자 한 사람이 자신의 뒤에 서 있음을 감 대인은 볼 수 있었다.

흑포를 입은 중년인.

눈빛이 차갑고 팔자수염을 길러 문사처럼 보이지만 단아하기보다는 섬뜩한 느낌이었다.

"물건을 받으러 왔소."

"재간이 놀랍구려. 하지만 남의 집에 들어온다면 통보는 하는 것이 예의가 아니오?"

"다음부터는."

그가 말을 잘랐다.

"……."

집사 소부가 감 대인을 바라보았다.

"물건은 약속을 한 이상, 언제라도 내어주겠소. 하지만 그전에 우리 손녀는……."

"거래가 끝나면."

흑포중년인은 말을 자르고는 집사 소부에게 말했다.

"물건은 뒷문에 있는 마차로 옮겨주시오. 도착 후에 영손녀(令孫女)를 고쳐 주겠소."

"그런 법이 어디 있소이까? 물건을 넘기면 바로 고치겠다고 약속을……!"

소부는 말을 끊었다.

음산한 기운이 자신을 눌러왔던 것이다. 전신이 한기로 오싹했다.

흑포중년인이 그를 쏘아보고 있었다.

그와 자신의 사이에는 탁자가 있음에도 감히 숨조차 쉬기 어려웠다.

"그……."

진땀이 소부의 이마에 배어 나왔다.

"당신은 어제의 일을 벌써 잊어버린 모양이군. 내가 제일 싫어하는 건 너와 같은 자다. 머리가 나쁘면 오래 살기 어렵지."

말과 함께 그의 신형은 이미 소부의 앞에 있었고, 그의 목줄기를 움켜쥐고 있었다.

"그를 해치지 마시오!"

감 대인이 놀라 부르짖었다.

"사람은 많소. 쓰레기는……."

그때였다.

"그 사람 쓰레기라는 걸 네가 어떻게 아냐?"

난데없이 옆에서 들려오는 소리.

"……!"

흑포중년인은 깜짝 놀라 고개를 돌렸다.

바로 자신의 앞에 한 사람, 앳된 얼굴의 청년승이 서서 자신을 보면서 웃고 있지 않은가.

이럴 수는 없었다.

대체 언제?

"몰라? 왜 대답을 못해?"

거침없이 쏟아져 나오는 말에 그의 얼굴이 달라졌다.

"넌 누구……."

당황한 흑포중년인은 한 걸음 물러나는가 싶더니 느닷없이 앞으로 나서며 손을 휘둘렀다.

손끝에서 매서운 경기가 일었다.

"아미타불, 교활한 놈이네."

누군지를 묻고 상대가 답하려는 순간의 흐름을 꿰어차려는 순간적인 응변(應變). 그것은 그의 심성이 독한 데다 더해서 경험도 많다는 의미였다.

그런데 그런 면에서는 일명도 못지않았다.

그러니 당할 리가 있을까.

땅!

"크악!"

흑포중년인이 머리를 움켜쥐고 뒤로 벌렁 넘어졌다.

"크으으으……."

전신을 벌벌 떠는 그의 손가락 사이로 핏물이 번지고 있었다.

"이런, 피가 묻었잖아? 나쁜 놈들은 대가리도 썩은 박 쪼가린가…… 그걸 대가리라고 달고 다니냐?"

일명은 손에 들었던 목탁에 피가 묻은 걸 보고는 혀를 차더니 머리를 움켜잡은 채 뒹굴고 있는 흑포중년인의 옷에다 그 피를 쓱쓱 닦아 바랑에다 간수했다.

"……."

그 광경을 보고 어이가 없어진 감 대인과 집사는 벌린 입을 다물 수가 없었다.

저 흑포중년인 혼자서 호위 무사들을 장난감처럼 휘돌린 것을 직접 목도했던 그들이었다.

그런데, 그런 살성(煞星)을 저렇게 간단히…….

"어, 어디에서 오신?"

"아미타불…… 빈승은 숭산 소림본원에서 온 일명이라 합니다. 미거하지만 소림의 금강존자를 맡고 있습니다."

"소림사!"

그들의 눈에 반가움이 일었다.

누구라도 알고 있었다.

소림사라는 이름은.

그런데.

"금강…… 존자요?"

비교적 바깥 사정에 정통한 집사 소부가 고개를 갸웃했다.

들어본 적이 없었던 것이다.

"하하, 소림 내에서만 알고 다른 곳에는 알지 못하는 칭호입니다. 소림사에 일이 있을 때에만 홀로 움직이는…… 더 이상은 말씀드릴 수가 없군요. 아미타불…… 많이 놀라셨겠습니다."

일명의 말에 두 사람의 눈은 더 커졌다.

"저자가 수화전에 무슨 짓을 했습니까?"

뒤이은 일명의 말에 두 사람의 눈은 더 커졌다.

"알고, 오신 거란 말씀이오? 소대사(少大師)?"

그냥 중이라고 하기도 애매하고, 사미라기는 더 이상하다. 그렇다고 대사라고 하기도…… 결국 하다 보니 칭호도 이상하게 나온다.

'소대사? 그런 말도 있나? 뭐 듣기 나쁘진 않네. 흐흐…….'

일명은 내심 흐뭇하게 웃고는 정색을 했다.

"어떤 자들이 개봉은 물론이고, 하남북의 상권을 장악하려 한다는 이야기가 있어 빈승이 조사를 나왔습니다. 물론, 상계의 일과 소림은 상관이 없습니다만…… 그자들이 살생을 서슴지 않으면서 일을 꾸미고 있다고 하여……."

"그, 그렇습니다! 저들은 정말 무서운 자들입니다. 본 전의 호위 무사 십여 명이 몰살을 했고, 여러 명이 다쳐 누웠습니다. 게다가 본 전의 영애이신 은 낭랑(銀娘娘)까지 쓰러뜨려 협박을…… 제발 아가씨를 구해주십시오."

"영애를 쓰러뜨리다니요?"

"저들이 손을 써서 인사불성이 되어 일어나지를 못하고 있습니다."

"송 형."

일명의 부름에 한 사람이 안으로 들어섰다.

"송 전주!"

그를 보자 감 대인이 놀라 입을 딱 벌렸다.

"많이 놀라셨겠습니다."

송진도가 감 대인에게 포권을 하자 감 대인은 어찌할 바를 몰라 눈만 끔벅거렸다.

"송 전주가 어찌 여기에……."

"일이 그렇게 되었습니다."

그가 말을 돌리자, 감 대인은 길게 한숨을 내쉬었다.

"뭐라 할 말이 없소. 고개를 들 수가 없구려."

"별말씀을요. 이런 변고를 당하셨다니, 그래, 은 낭랑은 어떻습니까?"

은 낭랑이란 감 대인의 손녀다.

"놈들의 마수가 뻗친 이후로는 혼수상태로 정신을 차리지 못하고 계십니다. 의원들을 불러보고 무림고수를 초빙하여 혈도를 살피게 했지만 아무런 소용이 없었습니다."

"아미타불, 빈승이 한번 보겠습니다."

"그, 그래 주시겠소?"

그녀를 눈에 넣어도 아프지 않게 생각하는 감 대인이 반색을 했다.

일명의 나이는 약관이다.

믿음성이 가지 않는 나이지만 소림사가 주는 무게는 상상을 초월한다. 게다가 이미 그 위력을 선보인 다음이다. 불감청이언정 고소원일 수밖에 없었다.

그런데.

"밖에 저들의 일당이 있는 걸로 압니다. 의심치 않게 물건을 보내도록 하십시오."

이어지는 일명의 말에 감 대인의 안색이 변했다.

"물건을?"

"그래야 저들이 누군지를 알 수 있습니다."

"크으으……."

흑포중년인은 여전히 바닥에서 신음을 흘리고 있었다.

그런데 신기하게도 꿈틀거리기만 하지 그 뒤로는 일어설 줄을 몰랐다.

"이자는 제가 족쳐 보고자 제압을 했습니다. 이자와 함께 잠시 몸을 숨기도록 하시지요. 송 형?"

일명이 송진도를 바라보았다.

"저와 함께 가시지요. 제가 준비를 해두었습니다."

송진도의 말에 감 대인은 미간을 찌푸렸다.

"집을…… 떠난단 말씀이오?"

"잠시면 됩니다."

"그건 곤란하오."

노인은 완강히 고개를 흔들었다.

"예?"

"이곳은 우리들의 터전이고, 가업(家業)이오. 어떤 일이 있어도 버릴 수가 없소."

"버리는 게 아닙니다. 잠시 몸을 피하는……."

"소부, 너는 은아와 함께 몸을 피하거라."

"대인께서는 어찌하시려고……."

"난 여길 떠나지 않는다."

노인의 고집은 뜻밖에도 완강하고 단호했다.

"……."

일명은 난감한 표정으로 송진도와 눈을 마주쳤다.

이런 일이라니!

"오래 걸리지 않을 겁니다. 적이 손을 쓰면 저 혼자서는 모두를 지킬 수가 없습니다. 이런 곳이라면 그런 때를 위해서 몸을 피할 곳 정도는 있겠지요?"

"그렇긴 하오."

"그럼 거기 가 계시고 물건도 보내지 말기로 하지요."

일명이 말했다.

"그건 또 무슨……."

송진도의 얼굴이 뜨악해졌다.

"이놈을 족치면서 기다리면 아마 미끼를 물겠지."

일명은 쓰러진 흑포중년인을 툭 차면서 말했다.

어쩌면 더 빠를 수도 있었다.

일명은 이미 계산을 마친 다음이었다.

둘째 마당

수화전은 개봉에서 백 년이 넘는 전통을 자랑한다.

계속 증축된 저택의 고색창연함으로도 그 역사를 알고도 남을 연륜이 느껴졌다. 그리고 그 연륜처럼 수화전 점포의 뒤에 자리한 저택 후원에는 숨겨진 장소가 있었다.

집을 버리는 것이 아니니 감 대인도 피신을 했고, 송진도도 그와 같이 그 자리에 있었다.

"흐음……."

초조한 듯 서성이던 감 대인은 송진도를 보았다.

"그 소대사…… 말이오."

"예, 말씀하십시오."

"혼자라는 게 맞소?"

"그렇습니다."

"아무리 강하다 할지라도, 소림사의 고수라지만…… 연치가 있는데 혼자서 어찌…… 허어, 거참!"

그는 불안한 듯 연신 혀를 찼다.

눈앞에서 강한 일명을 봤다.

그러나 실제로 무슨 호풍환우(呼風喚雨)하는 거대한 힘을 본 게 아니라 마치 장난처럼 흑포중년인을 때려눕히는 걸 본 것뿐이다. 그러니 시간이 지나자 실감이 나지 않고 다시금 불안해지는 것이다.

"믿어보십시오. 그 나이에 다른 곳도 아닌, 소림사의 금강존자가 되었다면 간단한 일은 아니지 않겠습니까?"

송진도의 말에 감 대인은 불안한 듯 문이 닫힌 석실 하나를 바라보았다.

그들이 있는 곳은 석조대청이었다.

사방은 물론이고 천장, 바닥까지 모두가 돌로 만들어졌고 벽에는 만년등이 붙어 빛을 뿌린다. 이곳은 후원 가산 아래 있는 피난처였다. 지하에 만들어진 이 대청은 계단을 타고 내려와야만 하고 유사시에는 강철봉으로 된 철문으로 통로를 막을 수도 있었다.

철문을 통과, 대청으로 들어오면 좌우로 두 개의 석실이 있고, 통로 안쪽으로도 다시 두 개의 석실이 있어 물과 식량 등을 보관한다.

일명은 대청의 석실의 안에 있었다.

눈앞에는 십칠팔구 세가량의 소녀 하나가 눈을 감고 누워 있다.

살구빛 뺨에 도톰한 입술.

감은 눈에서 뻗어나는 속눈썹에 휘어진 눈썹은 말 그대로 아미청대(蛾眉靑黛)라 예쁘기 그지없었다.

"예쁘군!"

고개를 빼고 그녀를 보고 있던 일명은 감탄했다.

어째 요샌 만나는 여자마다 다 예쁘냐.

그녀의 맥문을 잡았던 손을 떼면서 일명은 고개를 갸웃했다.

"이놈들이 뭔 짓을 한 거지? 겨우 점혈에다 내부기혈을 막아두고는 협박을 한 건가?"

그녀는 감 대인의 손녀였다.

은 낭랑이라고 불리는 개봉성에서 유명한 미녀이기도 하였다.

그녀는 저들에게 당해 인사불성이었다. 무림고수들이 해혈을 하려 해도 불가능했고 이내 처절한 고통에 몸부림치는 손녀의 모습에 그 뒤로는 감히 시도를 하지 못했다고 했다.

하지만 일명이 보니 점혈은 단순했다.

다만 그 내부기혈을 뒤집어놓아 혈류의 흐름이 바뀐 이중점혈의 방법이었을 뿐이다.

모르는 사람에게는 죽어도 풀 수가 없는 것이지만 의술을 공부한 일명은 그 방법을 이미 알고 있었다. 그러니 해혈만 하면 간단하게 그녀를 일으켜 세울 수가 있었다.

그럼에도 감 대인에게는 겁을 팍팍 준 다음이었다.

손을 쓰는 데 조금이라도 실수가 있다면 바로 즉사를 할 수 있으니, 누구라도 옆에 접근하면 안 된다. 라고…….

그리곤 혼자서 그녀의 얼굴을 감상하는 판이다.

일단 지력을 일으켜 그녀의 혈도를 눌러 점혈된 혈을 풀고 엉킨 기혈을 되돌리면 끝이었다. 신봉(神封)에서 명부(命府)로 흐르는 기혈을 풀고 머리의 신정(神庭)에 손가락을 가져간 일명은 지그시 혈을 눌렀다.

"하아……."

그녀의 입에서 탁한 숨이 뿜어져 나왔다.

금방 눈을 뜨리라.

조금은 창백했던 뺨에도 금방 도화빛 혈색이 살아 올라왔다.

마치 꽃이 피어나는 것을 보는 느낌이었다.

도톰한 입술은 예쁘기도 하다.

보고 있자니, 가슴이 뜨거워졌다.

"으음, 아무도 안 보는데 그냥……."

일명은 참지 못하고 그녀에게로 슬그머니 머리를 숙였다.

슬그머니 뽀뽀라도 한 번 할 참이었다.

그런데 하필이면 그때, 그녀가 눈을 뜨는 게 아닌가!

'이런 젠장!'

일명은 깜짝 놀라 얼굴을 치켜들었다.

멍하게 눈을 뜨고서 눈앞의 사람을 끔벅거리는 눈으로 보고 있던 그녀가 갑자기 찢어지는 비명을 질렀다.

"누, 누구야!"

그 소리에 왈칵, 석실의 문이 열리며 감 대인이 쫓아 들어왔다.

"무, 무슨 일이오?"

일명은 내심 당황했지만 태연하게 한 손을 가슴에다 세워 보였다.

"아미타불, 다행히 영손녀께서 정신을 차리셨습니다."

"오오! 저, 정말이오?"

감 대인은 화들짝 침상에 누운 손녀에게로 달려갔다.

그는 슬하에 아들 둘에 딸을 셋 두었지만 이 손녀를 제일 사랑해서 끔찍할 정도였다.

"여기 일은 끝났으니, 나가 볼까? 놈들이 슬슬 나타날 때가 되었을 텐데……."

일명이 송진도를 바라보았다.

켕기는 게 있으니 우선은 이곳을 빨리 벗어나고 볼 일이었다.

아까비라, 혈도를 조금만 늦게 푸는 건데…….

일명의 내심을 알 리 없는 감 대인은 기뻐 어찌할 줄을 몰랐다.

정신을 차리자마자, 누군가의 얼굴을 보고 놀라 소리쳤던 은 낭랑도 일명에게 의혹 반, 감사의 반의 눈빛을 보내오니 일명은 은근슬쩍, 아미타불을 깊이있게 한 판 외워 무게를 잡고는 냅다 밖으로 내달렸다.

'시팔! 급하게 안 해도 되는 거였잖아?'

아무리 생각해도 아까웠다.

도톰한 입술이 살짝 스쳐 갔었는데…….

빌어먹을!

第十章
배후를 밝히다

첫째 마당

수화전은 고요 속에 잠겨 있었다.

어둠이 여기저기를 건드리고 있지만 수화전의 뒤뜰은 어두웠다.

평소라면 이미 불이 밝혀져 있어야 할 것이지만, 지금은 어둠과 침묵에 싸여 괴괴한 적막이 감돌 뿐이다.

…….

소리도 없이 한 사람이 나타났다.

그는 어둠 속에 숨어 수화전의 뒤뜰을 살폈다.

텅 빈 뒤뜰.

원래 저곳은 포목들이 실린 마차 십여 대가 있어야 했다.

그는 암중에 고개를 갸웃거리다가 슬쩍 몸을 날려 뒷간에서 나오는 하인의 목을 낚아챘다.

"소리 지르면 죽을 줄 알아! 알겠나?"

낮은 위협.

하인은 겁에 질려 고개를 끄덕였다.

"여기 있던 물건들 어디로 갔나?"

그의 물음에 하인은 다급히 대답했다.

"무, 물건을 인수하러 온 분들이 가져갔습니다."

"물건을 인수하러 온?"

"예, 며, 며칠 전부터 약속이 된 분들이라고…… 오셔서 물건을 내드렸습니다. 저, 정말입니다."

"정말이냐?"

"예! 그, 그럼요. 저 자국을 보세요. 마차들이 나간 자국인데요……."

그의 겁에 질린 얼굴을 보는 흑의인의 눈에 의혹이 어렸다.

정말 마차가 뒷문으로 나간 흔적이 있었다. 한두 대라면 몰라도 십여 대의 마차가 움직이면 흔적이 남을 수밖에 없는 것이다.

'이게 어떻게 된 거지?'

수혈을 눌린 하인을 어둠 속에 감추고 그는 몸을 날렸다.

마차가 출발한 시각은 그리 오래지 않았고, 그는 추적술에 일가견이 있어 얼마 지나지 않아 개봉 외곽에서 마차들을 발견할 수가 있었다. 십여 대의 마차였을 걸로 생각했는데 정작 발견된 것은 모두 네 대.

그나마 짐은 하나도 없었다.

막 성문을 벗어난 숲 근처.

어지러운 주변은 한바탕 격투라도 벌인 듯 한 상황이었다.

사람의 흔적은 보이지 않는다.

"……."

한참을 두고 꼼꼼히 주위를 조사하던 그는 머리를 흔들고는 신형을 날렸다.

지금까지와는 달리 아주 빠른 속도였다.

그렇게 그가 한참을 달려 도착한 것은 개봉성 서대가(西大街)에 위치한 도관(道觀)이었다. 규모도 별로 크지 않아 평범하고 낡은 도관, 청수관(淸修觀)이라 이름이 붙어 있었다.

그는 익숙하게 주위를 돌아보고는 몸을 날려 담을 넘었다.

"삼호입니다."

그가 대전에 들어서면서 말하자 암중에 일었던 살기가 가라앉았다.

"어떻게 되었느냐?"

"물건이 탈취당한 것 같습니다."

"뭐라고?"

노한 되물음이 날아왔다.

"수화전에서 물건은 받아간 것 같은데, 여기서 십여 리 떨어진 숲 속에서 사라졌습니다. 물건을 받아간 우리 측 사람들의 흔적도 보이지 않습니다."

"자세히 말해 봐! 그게 무슨 소리냐?"

어둠 속에 앉아 있던 자가 화를 냈다.

그가 상황을 설명하자 암중인은 신음을 흘렸다.

"말도 안 된다. 흑풍마조(黑風魔爪)가 표행을 처리하지 못하더니, 이번에는 그 물건도 빼앗겼단 말인가? 대체 어떤 놈이 그런 짓을 하고 있단……."

그때였다.

"알고 싶어?"

난데없이 들리는 소리.

이런 상황이라면 누가 놀라지 않을 것인가.

"누구냐?"

"그렇게 묻는 넌 누구냐? 뭐야? 몇 명 안 되네?"

되받아치는 물음.

한 사람이 대전 안으로 고개를 들이밀고서 태연히 대전 안을 살피고 있음이 보였다.

대전 제단에 걸터앉아 보고를 받던 자가 놀라고 황당한 건 차지하고 그 앞에 한쪽 무릎을 꿇고서 보고를 하던 자는 기겁을 했다. 그처럼 조심을 하고 뒤를 살폈다.

게다가 이 바깥에는 매복한 보초도 둘이나 있었다.

그런데 난데없이 뒤에서 적이 나타나다니?

"뭐 하는 놈이냐?"

대전에 앉은 자가 다시 외쳐 물었다.

불도 켜지 않은 어둠.

그자는 청색 도포를 걸쳤는데 얼핏 봐도 오십대는 넘어 보였다. 쭉 째진 눈에 얼굴에는 사나운 기색이 역력해 보여 보는 사람을 위축케 하기에 족했다.

"뭐 하긴, 철없는 중생들을 계도하러 온 부처님이시지. 아미타불…… 고개를 돌리면 피안이고 칼을 놓으면 곧 부처라. 회개하고 손에 든 칼을 버리면 심하게 대하지는 않을 것이오."

말이 종잡을 수 없이 왔다 갔다 하는 가운데, 그자는 전혀 망설이지 않고 안으로 들어섰다.

어둠 속에서 파르라니 깎은 민대머리가 보인다.

"중?"

괴이한 기색이 청색 도포를 걸친 자의 얼굴에 스쳐 갔다.

동시에 안으로 들어서는 일명의 좌우에서 공격이 시작되었다.

"이런, 아무리 반가워도 환영을 이렇게 하면 쓰나? 회개의 빛이 없으니 타일러 교화할 수밖에!"

일명은 혀를 차면서 양손을 교차했다.

소맷자락이 휘날리는 가운데 그를 공격한 자들의 눈에 놀람이 터졌다. 둘 다 검을 들었는데, 일명의 좌우를 찍은 그 검이 묘한 힘에 비틀리더니 서로를 찔러갔던 것이다. 놀란 그들이 검을 틀어 회수하려고 했지만 그 검날은 이미 일명의 손에 잡힌 다음이었다.

그것도 그냥 잡힌 게 아니라 검날을 슬쩍 잡아당기자 찔러가던 서슬에 그들은 사정없이 상대의 가슴에다 검을 박아 넣고는 비명을 지르고 말았다.

그들이 그걸 느꼈을 때는 이미 검이 자신의 가슴을 찌른 다음.

다른 사람이 볼 때는 일명이 지나갔는데 미처 검을 회수하지 못하고 찔러내어 상잔(相殘)한 모습에 다름이 아니었다. 상대의 힘을 그대로 이용하는 절고(絶高)한 이화접목의 상승공부.

뒤이어,

팍!

"케엑!"

일명의 앞에서 그를 향해 달려들던, 그를 여기까지 데려온 흑의인이 눈을 까뒤집고서 허물어졌다. 일명이 달려들던 그의 머리통을 손바닥으로 내려쳤던 것이다. 골이 흔들리니 말 그대로 뇌진탕이고, 하늘과 땅이 합쳐졌다. 쓰러지지 않을 재간이 없다.

"무엇 하는 놈이야?"

심상치 않은 사태에 제단에 있던 자가 벌떡 일어섰다.

그 순간.

"그, 그놈이다!"

한 사람이 그의 옆에 나타났다.

허름한 옷차림, 얼핏 보면 평범한 노인이지만 일명 또한 그를 잊을 수 없었다.

바로 표행을 습격했던 자였기 때문이다.

"어라? 저 시팔놈 저기 있네?"

방금까지 아미타불, 하다가 갑자기 튀어나온 욕설에 흑포의 노인은 당황했지만 더 당황스러운 것은 일명이 그 말과 함께 무서운 속도로 달려든 것이었다.

펑!

일진 폭음과 함께 비틀거리면서 노인, 흑풍마조가 물러났다.

하지만 그가 숨을 돌릴 여가는 없었다. 일명이 득달처럼 숨 쉴 사이도 없이 계속해서 달려들고 있었으니까.

폭풍처럼 전개되는 것은 세상에 알려진 십팔나한수.

헌원과호에서 원후적도까지가 폭풍처럼 이어졌다.

"이, 이까짓 나한수 나부랭이로……!"

손도 못 쓰고 삽시간에 벽에까지 밀리자 흑풍마조가 노해 소리쳤다. 동시에 그는 전력을 다해 흑풍마갑을 전개해 일명의 가슴을 찍었다. 한 손이 파괴되었다 할지라도 철판을 찢는 위력의 흑풍마갑이었다.

하지만……

빠작!

크아악!

처절한 비명과 함께 그는 무슨 쇠뭉치에 얻어맞은 것처럼 피분수를 뿜어내면서 뒤로 튕겨졌다.

일명은 그를 향해 한 주먹을 뻗어낸 상태였다.

불끈 움켜쥔 주먹에서는 부르르…… 기이한 기세가 감돌고 있었다. 아지랑이처럼 감도는 내기(內氣)!

"아미타불! 부디 내세에는 착하게 태어나길."

일명은 엄숙한 표정으로 한 손을 가슴에 세워 불호를 외웠다.

백보신권 한 수.

그걸로 일명은 그자를 단매에 쳐죽이고 만 것이다.

그런 그의 모습은 근엄해 보였다.

하지만 방금 전에 시팔을 내뱉던 모습과는 너무 달라 종잡을 수 없는 그 모습에 흑포인은 얼굴이 굳어졌다.

흑풍마조는 결코 약자가 아니다. 부상을 입고 돌아왔지만 자신으로서도 한 수에 쳐죽일 상대는 아니었다.

그런데도……

결국 그는 다시 물을 수밖에 없었다.

"넌, 누구냐?"

둘째 마당

"아미타불……."

일명은 한 손을 가슴에 세운 채로 불호를 욀 따름, 아무런 대답도 하지 않았다.

묘한 눈빛으로 그를 바라볼 뿐이었다.

"소림사?"

청색 도포의 노인이 미간을 찡그린 채로 중얼거렸다.

저런 모습은 천하 어디에서도 유일하다. 무림에 몸을 담은 사람이 몰라본다면 그게 오히려 더 이상한 일.

그때.

"당신이 수괴(首魁)인가?"

일명이 불쑥 물었다.

"……."

노인이 일명을 쏘아보았다.

"하긴…… 맞지 않고 줄줄 불어댈 악당은 없다고들 하지. 나이를 봐서 패긴 그렇지만, 사람의 심장을 먹는 자와 한패라면 굳이 같은 사람이라고 하기도 어렵겠지?"

한참을 주절거리며 자기 합리화를 하던 일명은 불쑥 한 걸음을 앞으로 내딛었다. 찰나간에 그의 신형이 퍽, 꺼지는 듯하더니 노인의 앞에 나타났다.

그리고 날아든 주먹.

"건방진 중놈!"

대뜸 주먹을 휘두르자 노인은 코웃음을 치면서 소매 속에 감추고 있던 주먹을 마주 쳐냈다.

펑!

누구도 물러서지 않고 주먹을 휘두르자 폭음이 일었다.

둘이 어깨를 비틀며 물러나자 그가 음산히 웃었다.

"제법이군! 다시 받아봐라!"

그가 양손을 탁, 치더니 앞으로 덮쳐 오면서 다시 주먹을 휘둘렀다. 무슨 망치를 휘두르는 것 같고 주먹에서는 푸른빛이 일어 어둠 속에서 번쩍였다.

"이 늙은이가……."

일명의 얼굴이 일그러졌다.

누가 세냐고 주먹을 같이 휘둘렀는데, 손가락이 으스러지는 것처럼 아팠다. 일명의 공력이 조금만 낮았더라면 손가락이 다 부러졌을지도 모를 정도로 강력했다.

그런데 눈앞으로 날아드는 주먹을 보니, 주먹에 뭔가 있었다.

푸른빛이 감도는 그것은 손을 감싸는 철권(鐵圈)이었다.

"사기를 쳤군?"

화가 난 일명은 코웃음 치곤 갑자기 큰 몸짓으로 주먹을 휘둘렀다.

콰아아―

일진 광풍이 그 서슬에 같이 일었다.

눈에서는 신광이 어둠을 뚫고 쏟아져 나왔다.

'심상치 않다!'

노인의 안색이 변했다.

하지만 이 마당에 피하거나 다른 방법이 있을 리 없다. 저 어린 중놈의 나이는 아무리 봐도 약관을 넘기지 않은 거 같다. 그런데 싸우는 것이 노련하기 이를 데 없어 이대로 뒤로 물러났다가는 선기를 빼앗길 것 같았기 때문이다.

일명이 지난 몇 년 동안 광승과 죽을 둥 살 둥 싸우면서 실전 경험을 쌓은 걸 그가 어찌 짐작이라도 할 것인가.

광승은 말 그대로 광승, 가끔 미친 듯 날뛰는 바람에 죽을 고비를 넘기면서 싸워야 했던 것이다.

쾅!

"크악!"

노인이 피분수를 토하며 뒤로 튕겨졌다.

그의 무공은 대단하여 그래도 심하게 벽에 부딪쳤음에도 쓰러지지는 않았다. 그러나 그 충격은 심대하여 다리가 후들거리고 기혈이 온통 뒤엉켜 치밀었다.

입에서 피가 줄줄 쏟아졌다.

"이, 이게 무슨 무공이냐?"

"과연 쓸 만하군!"

일명이 대답 대신 씨익, 웃었다.

방금 그가 펼친 것은 바로 참마팔법 가운데 첫 번째 초식인 나한파천마였다. 이 참마팔법은 소림사에 누란의 위기가 닥쳤을 때에만 펼치게 되어 있었으나, 일명은 아랑곳하지 않았다.

됐다 뭐에 쓸 거야? 라는 게 일명의 생각이니 목노가 보았다면 기가 막혔으리라.

퍽퍽!

그리곤 노인에게 덮쳐 가 일명은 사정없이 주먹을 휘둘렀다.

그는 반항조차 하지 못했다. 추스르기에는 충격이 너무 심했던 것이다. 몇 번을 맞았는지 기억조차 나지 않는 가운데, 노인은 그 자리에 뻗어버리고 말았다.

입에서 핏물과 쓴물이 같이 올라왔다.

한 번도 이렇게 무식하게 맞아본 기억은 없었다.

"말해 봐. 누구지? 왜 명주전의 물건을 노렸나?"

일명이 그의 멱살을 끌어 올리며 캐물었다.

한 주먹은 머리 위로 치켜든 채였다.

기막힌 빛이 노인의 눈에 떠올랐다.

이건 거리의 왈짜패들이 하는 짓이지, 무공을 배운 사람이 할 짓이 아니었다. 힘들게 주먹으로 패는 사이에 분근착골 같은 고문술을 사용하는 것이 더 지독한 고통을 주기에 무림고수들은 이런 무식한 짓을 하지 않는다.

그러나 그는 그 무식한 것이 얼마나 무식하게 아픈가를 몸으로 체득하게 되었다.

"사, 살려줘……."

반 시진 후, 도관의 대청에서 미약한 비명이 흘러나왔다.

셋째 마당

"변성전장?"

송진도는 놀라 눈을 크게 떴다.

"맞아. 그놈들이 일을 꾸몄다는걸?"

일명이 고개를 끄덕였다.

"그자들이……."

송진도는 신음을 흘렸다.

"왜 인지 알겠어?"

"그럴 수도 있겠군. 내가 크는 게 못마땅했을 수도."

송진도가 고개를 끄덕였다.

이번 건이 성사되면 송진도는 은호 한 군데를 인수할 예정이었다. 그렇게 되면 전장(錢莊) 쪽으로도 진출하게 되어 나름대로 막강한 자본과 유통을 한꺼번에 거머쥐게 될 것이니 그쪽에서 막강한 변성전장에서 기분 좋을 까닭은 없었을 것이다.

더구나 그들이 지금까지 해왔던 것을 생각한다면.

"아무리 그렇다고는 하지만 이렇게까지 하다니……."

송진도가 어이없다는 듯 머리를 내저었다.

"뭔가 좀 이상하지 않아?"

그때 일명이 물었다.

"뭐가?"

"아무리 생각해도 그자들을 고용해서 일을 시키려면 왜 이렇게 복잡하게 일을 하나 싶거든?"

"무슨 소리냐?"

"그렇잖아. 나 같으면 바로 송 형을 치겠는데……."

일명의 말에 송진도의 안색이 달라졌다.

"나를 친다고?"

"그렇잖아? 복잡하게 왜 사방에다 손을 쓰고 물건을 빼돌리고 압박을 하고 그렇게 할 필요가 있나? 그냥 송 형을 다그치면 쉬울 거 같은데……. 저자들이 하는 행태로 보자면 말 안 들으면 죽이면 그만이지, 그럼 송 형이 이룬 기반은 모조리 없어질 테니 원하던 걸 이루기는 별로 어렵지 않다 싶은데?"

"……."

송진도의 안색이 심각해졌다.

들고 보니 그랬다.

자신이 손을 댈 수 없는 뒷배가 있는 것도 아니었다.

누가 뒤를 봐준다고 할지라도 변성전장과는 아직 비교할 수 없었다. 저들이 보여주었던 힘이라면 자신을 치고도 남음이 있었다.

그런데 왜 그랬을까?

"내 생각에는 저들이 노린 건 송 형이 아니야."

"……?"

송진도의 눈이 동그래졌다.

"그게 무슨 소리냐?"

"한 번 알아봐. 내 생각이 맞다면 다른 곳도 이렇게 당한 곳이 있을 거야. 포목점만이 아니라, 다른 업종……."

그 말이 의미하는 것을 깨달은 송진도의 입이 벌어졌다.

"그럼 누군가가 개봉 전체를……."

"하나하나 처리하는 게 귀찮아서 한꺼번에 해버리려는데, 굳이 주목을 끌고 싶지는 않고…… 뭐, 그런 건지도 몰라. 변성전장이 그럴 만한 힘이 있는 곳이야?"

송진도가 미간을 찡그렸다.

"개봉은 생각보다 크다. 상업적으로 중요한 요충이라 변성전장이 그런 일을 벌이기는 어렵지."

"그럼 변성전장의 뒤에 누가 있는지 알아보면 되겠군."

일명이 간단히 정리했다.

"그렇게 간단히?"

"그럼 다른 생각 있어?"

"……."

다른 생각을 말할 수 있을 리가 없다.

"흐흐…… 나오자마자 재미있네. 물건들은 정리했어?"

"음, 다 했다. 급한 불은 끈 셈이다."

"그럼 놈들이 그냥 있지 않겠군. 갔다 올게."

"어디를 말이냐?"

"변성전장에."

"혼자?"

"그럼 같이 갈 거야?"

"그……."

송진도는 말문이 막혔다.

"놈들이 기다리고 있을 거야. 너무 기다리게 해도 예의가 아니잖아?"

일명은 씨익, 웃어 보이곤 슬쩍 어깨를 흔들었다.

미풍이 이는가 싶더니 일명의 신형이 송진도의 눈앞에서 사라졌다.

보고도 믿지 못할 신법.

"내가 꿈을 꾸는 건가……."

머리 깎고 중이 되어 사라졌던 말썽쟁이 꼬마 녀석이 저렇게 변해서 돌아올 줄이야.

그는 창문 밖을 내다보았다.

일명의 모습은 이미 어디에도 보이지 않았다.

밤은 점점 깊어가고 있었다.

第十一章
재회(再會)

첫째 마당

변성전장.

개봉성뿐 아니라 하남성을 넘어 산서와 섬서성까지 그 세력을 넓혀 가고 있는 변성전장의 힘은 이미 막강하였다.

각 상단이 그의 돈을 썼고, 변성전장의 은표는 현금과 같이 통했다.

일명이 소림사에 들어가기 전부터 변성전장은 대단했었다.

그러나 지금은 중원 오대전장(五大錢莊) 가운데 하나였다.

비록 그중 말단이라고는 하지만, 당시와는 비교조차 할 수 없이 막강해진 곳이 바로 이 변성전장이었다.

겉모습은 전과 크게 달라 보이지 않았다.

밤임에도 대문은 열려 있었고 사람들이 드나들고 있었다.

그 문 안쪽으로는 하루 일과를 마친 것인지 여기저기 불이 꺼져 있었지만 어둠 속에서 우뚝우뚝 솟구친 전각들의 웅자는 변성전장의 위세를 말해 주고도 남음이 있다.

사방 여기저기에는 호원무사(護院武士)들이 눈을 부릅뜨고 있었지만 인영 하나가 소리도 없이 전원(前院)으로 스며듦은 알아보지 못했다.

〈만금청(滿金廳).〉

변성전장의 대청.

사방 열두 군데의 분장(分莊)과 스물한 군데의 은호를 거느린 변성전장의 대소사가 논의되는 곳답게, 중앙에는 너비가 삼 장가량의 연못이 만들어져 있다. 그 연못에서는 사철 분수가 뿜어졌고 가운데에는 가산이 하나 있어 기화이초가 수려함을 자랑한다.

사방의 벽에는 고서명품이 걸려 무게를 더하고 도자기와 가구들이 가히 만금(滿金), 온통 금이 가득한 느낌을 주기에 족했다.

금포의 노인 한 사람이 뒷짐을 진 채로 붉은 양탄자가 깔린 바닥에서 고개를 들어 벽을 보고 있었다.

그 벽에는 서화(書畵) 한 폭이 걸렸다.

"역시 강왕의 그림은 산수보다는 인물이 더 낫지. 그렇지 않나?"

그냥 뚱뚱하다는 것을 넘어 움직이기도 거북해 보일 체구. 금포를 두른 코끼리와 같은 몸을 가진 그가 만족한 듯 중얼거렸다.

"……"

"왜 대답이 없……!"

고개를 돌리던 그의 안색이 조금 달라졌다.

그의 뒤에는 원래 한 사람이 있었다.

나이가 오십대 중반인 그는 깡말랐다. 하관이 빠르고 염소수염 몇 가닥을 가진 그는 변성전장의 총관인 염우였다.

그는 놀란 표정으로 우뚝 서서 눈알만 굴리고 있는데, 그의 옆에는 방금 전까지 없었던 사람 하나가 서 있지 않은가.

"누구냐? 너는."

그를 보자 변성전장의 주인 변재경이 물었다.

다급하게 놀라 소리칠 만도 한데 그는 미간을 찡그리면서 꾸짖듯 물었을 뿐이다.

"아미타불, 빈승은 일명이라 합니다."

일명은 가슴 앞에 손을 들어 보였다.

정중한 태도.

"소림사에서라도 온 건가?"

그의 태도를 본 변재경이 한쪽 눈썹을 치켜들었다.

"하하, 선재(善哉), 선재(善哉)! 그렇습니다. 빈승은 소림 본사에서 온 금강존자라 합니다. 몇 가지 궁금한 것이 있어서 변 장주를 찾아왔습니다."

"가라."

"음?"

일명이 그를 보았다.

"남의 집에 함부로 침범함도 모자라, 사람에게까지 손을 쓰다니! 소림사의 사람이라면 그런 짓을 해도 되는 건가? 법대로라면 잡아 주리를 틀 일이로되, 소림사에서 왔다고 하니 그냥 물러날 기회는 주겠다."

변재경의 말에 일명은 씨익, 웃었다.

"그게 가당하다고 생각하시는지?"

"……."

"빈승이 찾아올 건 이미 보고를 받았을 텐데, 쓸데없이 시간을 끄는 이유는 뭔가요? 아미타불…… 아직 사람들 수배가 덜 되었습니까?"

일명의 말에 비로소 변재경의 안색이 조금 달라졌다.

"그럼 가도인(假道人)을 공격한 것이 너란 말이냐?"

"보시는 대로."

일명이 태연히 말을 받았다.

"대담하구나!"

변재경이 눈을 부릅뜨고서 꾸짖었다.

"내가 심혈을 기울인 큰 사업을 망치고서 감히 내가 찾기도 전에 오히려 나를 찾아온단 말이냐?!"

소리치던 그의 안색이 흠칫, 달라져 뒤로 물러나려 했다.

일명이 그의 눈앞에 서 있었다.

언제 움직인 것인지도 알 수 없었다.

그저 퍽, 하더니 눈앞에 나타난 것처럼 보였다.

"아직 못 알아듣나 보군! 내가 궁금한 것은 당신이 누구의 사주를 받고 그런 일을 했나 하는 거야. 내가 지금 여기에 온 것은 바로 그거 때문이거든? 그런데 모르는 척 딴 짓을 하면…… 아미타불…… 빈승은 화를 낼지도 모른다오, 시주?"

말과 함께 일명은 손을 뻗어 그의 수염을 잡아챘다.

"크악! 뭐, 뭐 하는 짓이냐? 놓지 못할까?"

잡아챈 수염을 위로 치켜들자 변재경은 견디지 못하고 쩔쩔맸다.

턱에 난 수염이 한꺼번에 빠져나가는 것 같으니 어찌 아무렇지도 않을 것인가?

더구나 그걸 잡아챈 것이 일명이니 사정을 볼 리 없다.

"엄살은, 다 뽑고 나면 말해. 아프면 그때 생각해 보자구."

일명은 손을 위로 더 치켜 올렸다.

일명의 키는 변재경보다 조금 더 컸다.

그러니 변재경의 얼굴은 사색이 될 수밖에 없었다. 턱을 하늘로 치켜든 채로 얼굴이 시뻘겋게 달아올랐다. 육중한 몸이 수염에 매달린 꼴이었다. 고통은 말할 것도 없었다.

"네, 네놈이 감히…… 크으윽!"

"버텨볼 생각 따위는 꿈에서도 하지 않는 게 좋아. 말해 볼까? 왜 명주전을 무너뜨리려고 한 건지."

그때였다.

소리도 없이 한 가닥 암경(暗勁)이 일명에게로 날아들었다.

어떤 공격이라도 움직임은 있기 마련이다.

고수는 그걸 알 수 있었다.

공기의 흐름이 달라지기에 아무리 은밀한 움직임도, 공격도 막아내고 느낄 수가 있는 것이다.

그러나 이 공격은 달랐다.

아무런 흔적조차 없었다.

그럼에도 이미 그 공격은 일명에게로 달려들어 그를 치고 있었다.

펑!

힘은 강력했다.

소리도 기척도 흔적도 없었지만 일단 일명의 몸에 격중되는 순간에 그 힘은 금석을 분말로 만들 파괴력을 드러냈다.

펑!

일명은 변재경의 수염을 놓쳤다.

비틀거리면서 뒤로 물러났다.

그러나 자세를 바로 하기도 전에 또다시 한 가닥의 힘이 날아들어 일명을 쳤다.

퍽!

일진의 회오리바람이 일어났다.

이번에는 견디지 못하고 일명은 팔랑개비처럼 허우적거리면서 벽으로 밀려나야 했다.

"커헉."

그 회오리바람은 일명을 치고도 남아, 변재경까지 허우적거리면서 밀려나야 했다. 턱을 움켜쥔 그의 얼굴은 심하게 일그러져 있었다. 수염도 뽑히고 턱은 떨어져 나갈 것만 같았다.

"이, 이런 죽일 놈이……."

그는 사납게 일명을 노려보았다.

일명은 벽을 짚으며 비틀비틀 간신히 신형을 세웠다.

입에서 핏물이 뚝뚝 흘러내렸다.

변재경의 옆에 한 사람이 늘어났다.

놀랍게도 그 사람은 조금 전, 그의 손에 제압을 당해 쓰러져 있던 집사 염우였다.

깡마른 그의 모습은 전혀 다른 사람을 보는 것 같았다. 겉보기는 같은 듯한데, 실제로는 놀랍도록 달랐다.

음침하게 가라앉은 눈빛은 날카롭기 그지없어 소름이 끼쳤다.

"왜 이렇게 늦게 손을 쓴 거요?"

변재경이 턱을 움켜잡은 채로 힐난했다.

"같이 온 사람이 있는지 확인해 보느라고."

집사 염우가 말을 잘랐다.

전혀 집사의 말투가 아니었다.

"정말 저놈, 혼자 온 거란 말이오?"

"우리 눈을 속이고 왔다면 몰라도, 아니라면 맞다."

집사 염우는 천천히 일명에게로 다가섰다.

"크으…… 당신인가?"

일명은 손등으로 입술에 묻은 피를 닦아내면서 물었다.

벽에 기댄 채이니 물러날 곳도 없었다.

"널 기다린 사람을 묻는다면 맞다."

"그렇군. 그런데 당신 혼자인가?"

일명의 말에 문득 염우의 얼굴에 기괴한 웃음이 스쳐 갔다.

"부족한가?"

"그럴 거 같은데? 이따위 시원찮은 암경 하나로…… 뭘 할 건데?"

일명의 말에 염우는 쿡쿡, 웃었다.

"암혼도(暗魂刀)는 수많은 고수들을 죽음으로 이르게 한 마도일절(魔道一絶)이다. 그걸 시원찮다고? 그럼 너는 왜 피해내지 못했……!"

갑자기 그의 안색이 돌변했다.

음유한, 그러면서도 강력한 기운 한 가닥이 자신을 덮쳤던 것이다.

"이게 뭐야!"

그는 기절할 듯 놀라 소리쳤다.

펑!

그가 가슴에 손을 모은 채로 잇달아 뒤로 물러났다.

얼굴이 창백해졌다.

"받은 건 돌려줘야 해서 말이지."

일명이 씨익, 웃어 보였다.

그리곤 허리를 폈다.

방금 전과는 전혀 다른 모습이었다.

"맙소사! 다치지 않았단 말인가?"

변재경이 놀라 소리쳤다.

하나 그보다 더 놀란 사람은 바로 집사 염우였다.

"서, 설마 암혼도?"

"그게 암혼도인가? 제목은 그럴듯하군. 쓸 만해."

일명은 오호, 그래? 하듯 연신 고개를 끄덕이면서 말을 받았다.

그러나 실제로는 전혀 달랐다.

고개를 끄덕이는 사이에 연달아 기척도 없는 암경이 날아가 상대를 쳤던 것이다.

염우는 귀신을 본 듯 기겁을 하고는 양손을 합쳐 앞으로 밀어내면서 옆으로 물러났다.

퍽퍽!

그러자 그를 공격했던 암경이 옆으로 흩어졌고, 그의 뒤에 있던 기둥이 무슨 모래 기둥이 터지는 소리를 내면서 퍽퍽 잔해를 토해냈다. 흙벽이 부서지는 것 같았다.

"자, 잠깐만!"

그가 다급히 소리쳤다.

"……?"

일명이 쳐내려던 손을 멈추고 그를 보았다.

왜 그래? 하는 표정이 역력했다.

"어, 어디서 암혼도를 배운 거냐?"

"뭘?"

"방금 네놈이 시전한 것 말이다! 나를 공격한 암혼도를 누구에게서 배운 거냐고 묻는 게다!"

집사 염우가 발을 구르며 소리쳤다.

기세가 점점 강해지고 있었다.

숨기고 있던 원래의 기세를 개방하고 있다는 소리였다. 그것도 폭발적으로.

"이게 암혼도인가? 아닌데……."

일명이 무슨 소리냐는 듯이 미간을 찡그렸다.

"아니라고?"

"그래, 이건 타구경(打狗勁)이라고 하지. 미친개를 잡을 때만 쓰는 건데, 아미타불…… 혹시 들어본 적이 있으신가?"

일명의 말에 집사 염우의 얼굴이 흉하게 일그러졌다.

동시에 그의 온몸에서 무서운 기세가 격렬하게 일어났다.

타구경이란 개를 패기 위한 힘이란 뜻이니, 졸지에 개가 된 그가 어찌 노하지 않을 것인가.

암혼도는 그의 성명절기(盛名絶技)였다.

말 그대로 기척도 없다.

그렇기에 상대가 방비하기가 어렵다.

능력이 조금이라도 떨어지는 사람은 아예 방비 자체가 불가능한 무공이 바로 암혼도였다.

일반적으로 무공을 일으키면 그에 따른 기세가 일어난다.

힘을 모아 쳐내면 공기 중에서 파장이 일고, 고수들은 뒤를 보지 않아도 그런 파장의 느낌을 통해서 상대의 움직임을 알게 된다.

하나 이 암혼도는 전문적인 암격(暗擊) 무공.

기척 자체가 없다.

그런 무공이 강철이라도 분쇄할 위력을 지녔고, 상대의 몸에 격중될 때에 비로소 폭발하듯 힘을 발휘하니 실로 공포스러운 무공이라 할 만 했다.

그렇기에 경신읍귀(驚神泣鬼) 암혼도라는 말이 생긴 것이다.

둘째 마당

"쳐라!"

갑자기 터져 나온 명령.

염우의 그 명에 천장에서 돌연 십여 명의 인영이 떨어져 내렸다.

검광도기가 번뜩이면서 일명을 휘감았다.

위세는 강렬하고도 무서워 일명은 금방이라도 난도질을 당하고 말 것만 같았다.

차차차—차차—창! 창!!

격한, 가슴을 떨어 울리는 힘을 가진 금속성이 연달아 터져 나왔다.

'이게 뭐야?'

일명의 얼굴에 경악이 드러났다.

금강장을 쳐내 앞서 덮쳐 오던 놈을 팼다.

피를 토하고 튕겨 나갈 것을 의심하지 않았다.

그런데 검을 부르르 떨면서 그 금강장세를 쳐내지 않는가. 그리곤 뒤에서 다시 검이 쳐와 금강장세를 치고 다시 일검이 날아들어 금강장세를 뚫고 일명을 향해 날아들고 있었다.

어찌 놀라지 않을 것인가.

거대하고, 강력한 수레바퀴가 무서운 속도로 돌면서 덮쳐 오고 있는 꼴이었다.

옆으로 비키면서 다시 금강장을 쳐냈지만 상황은 조금도 달라지지 않았다.

힘을 쳐내도 그 돌아가는 기세에 흩어지고 만다.

"검진(劒陣)?"

일명이 신음을 흘렸다.

"놈을 죽여!"

그때였다.

"내가 지옥에 들어가지 않는다면 누가 지옥에를 갈 것인가."

일명이 낭랑히 부르짖었다.

그의 몸에서 기괴하지만 강력한 기세가 쭉 치밀어 올랐다.

땅!

그를 처음 공격한 자의 검이 부러졌다.

"크악!"

그자가 튕겨져 나갔다.

일명의 주먹이 바람을 갈랐다.

"케—엑!"

피분수가 입에서 터져 나간다.

날아든 거치도를 손가락으로 치자, 거치도가 혼비백산 울어댔고 거치도를 쥔 자는 전신을 학질 걸린 것처럼 떨어댔다. 강력한 경기가 전신을 관통한 것이다.

심맥은 한 번에 가닥가닥 끊어졌다.

칠공으로 피를 뿜을 때, 그를 관통한 힘은 놀랍게도 그 뒤에서 무섭도록 빠른 쾌검을 찔러 넣던 자에게로 쇄도하고 있었다.

한 사람을 친 힘이 그걸로 끝난 게 아니라 뒤의 상대까지 치다니!

"컥?"

그자가 가슴을 움켜잡고서 앞으로 고꾸라졌다.

"다인가?"

일명이 자세를 바로 세우면서 염우를 보았다.

어느새 그의 주위로는 십여 명의 흑의인들이 널브러져 있었다.

누가 이 일을 믿을 수 있을까?

방금까지 어쩌지를 못하고 쩔쩔매는 것처럼 보였던 일명이었다.

그런데 삽시간에 그를 공격했던 자들을 모조리 때려눕히고 만 것이다.

'저럴 수가?'

어지간했던 변재경마저도 질린 눈빛이 되어 슬그머니 뒤로 물러났다.

"……."

염우는 이글거리는 눈빛으로 일명을 보고 있었다.

그 눈에 서린 것은 괴이한 의혹.

강해도 터무니없이 강했다.

저 나이에, 저런 무공이라니…….

"암혼도에 당한 것이 아니었군?"

마침내 그가 신음하듯 중얼거렸다.

"중생을 교화하기 위해서 서천(西天)에서 힘들게 왔거늘, 마졸의 재롱에 어찌 장단을 맞출 것인가? 아미타불……."

일명이 근엄하게 불호를 외웠다.

그리곤 이어지는 말.

"우리끼리 죽어라고 싸울 필요가 있을까?"

"……?"

그 말의 의미는 매우 기묘하였다.

"무슨 소리냐?"

"왜 명주전을 건드렸는지만 말해 봐. 그럼 난 그냥 갈런지도 몰라. 당신네들이 뭘 할지는 관심이 없으니까."

흥미로운 제안이었다.

그러나 지금에 와서 일명의 말을 듣고 냉큼 뒤로 물러날 수는 없다.

"가능한 일이라고 생각하나?"

"나 하나 건드리는 게 문제가 아니라, 소림사를 끌어들이면 골치 아플 텐데……?"

일명이 말꼬리를 늘였다.

어쩔래?

라는 의미다.

홀로 나타나서 미친 듯이 손을 쓰더니 이젠 타협이라?

아무리 머리를 굴려봐도 무슨 생각인지 알 수가 없다.

"개봉 상권. 좀 더 말해서 하남의 상권을 하나로 장악하기 위한 포석이었지? 하지만 거기서 명주전은 빼. 그럼 무슨 짓을 하든 신경 쓰지 않을 테니까, 어떻게 생각해?"

도무지 무슨 생각을 하는지 추측이 되질 않았다.

염우는 잔뜩 미간을 찡그린 채로 일명을 보았다. 대체 어디서 이런 괴물이 나타난 것이란 말인가.

"소림사에서 괴물을 만들어냈군……."

마침내 그가 중얼거렸다.

그리곤 그가 말했다.

"네가 나를 이기면 그렇게 하마."

말과 함께 그가 일명을 덮쳤다.

허허로운 바람이 날아드는 것 같다.

그러나 그의 전신에서 이는 것은 숨조차 쉬기 어려운 기세. 그럼에도 정작 공격에서는 아무것도 느껴지지 않았다.

모아 쥔 손은 허공을 쥔 듯 느슨해 보였다.

변화도 없었다.

'윽?'

일명의 안색이 변했다.

앞으로 내민 그 손을 보고 있는데, 난데없이 왼쪽에서 음산한 기운이 소리도 없이 그를 쳤기 때문이다.

일명이 아니었다면 고스란히 당하고 말 힘!

"뭐야!"

다급한 외침과 함께 일명은 몸을 반으로 틀면서 일권을 내질렀다.

팡!

경기가 흩어지면서 일명이 비틀, 어깨를 틀며 반걸음 물러났다.

그런 그를 소리도 없는 기척이 앞에서 덮쳐 왔다.

팡! 파파파파—팡! 팡!

일명의 전신에서 폭죽 터지듯이 세찬 경력이 잇달아 폭발했다.

퍽, 퍽, 퍽······.

발밑의 대청 바닥이 진흙처럼 부서져 나갔다.

"컥!"

핏물이 마침내 일명의 입을 뚫고 뛰쳐나갔다.

무서운 충격을 견디지 못한 것이다.

상대는 그의 생각보다 훨씬 무서운 고수였다.

실제로 그는 세상을 떨게 만드는 존재 중 하나였다. 마존이라는 이름으로. 그렇기에 그는 이 자리에 있을 사람이 전혀 아니었다.

셋째 마당

헉헉…….

일명의 입에서 가쁜 숨이 뿜어졌다.

그 숨결을 따라 가는 핏줄기가 조금씩 턱을 타고 흘러내린다.

일명은 천천히 손을 들어 손등으로 턱을 훔쳤다.

"강하군……."

일명이 뱉어내듯이 말했다.

눈에서는 활활 투기가 타오르고 있었다.

'괴이하군, 뭐 저런 놈이 다 있지?'

그 모습을 보면서 염우는 암중에 미간을 찡그렸다.

일명은 그의 기세에 공제된 상태였다. 당연히 위축되어야 하고 짓눌려 기를 펼 수 없어야 했다. 그런데도 저런 기세라니?

그는 일명을 향해 한 손을 내민 채였다.

그 손이 발동하면 일명은 죽어야 했다. 아니, 그 손에 깃든 힘을 발동시키면 자신도 제어할 수가 없었다. 모든 힘을 개방(開放)했으니 건곤일척, 죽기 아니면 죽이기뿐이다.

그런데 뭔가 꺼림칙했다.

저 활활 타오르는 눈이라니…….

아무리 나이가 어리다 하나, 저건 수도를 한 승려의 눈이 아니었다.

갈등의 빛이 그에게서 흘렀다.

싸우는 것이 겁나는 것이 아니라 뭔가 꺼림칙했다.

평소 그의 성격을 생각한다면 있을 수 있는 일이 아니었다.

"명주전이라 했나?"

문득 흘러나온 그의 음성.

"……."

"좋아, 소림사의 체면을 보기로 하지. 명주전을 건드리지 않으마."

너무도 뜻밖의 말에 일명의 눈에서 오히려 의혹이 드러났다.

순간.

염우가 음침한 어조로 말했다.

"이 일격을 맞고도 죽지 않는다면……."

동시에 무서운 충격파가 일명을 쳤다.

전혀 발동을 느낄 수가 없는 공격!

쳐든 손에서는 아무런 경력도 발출되지 않았다.

정말 경력이 쳐온 곳은 수결(手結)을 짚은 왼손이었다.

파—앙!

기괴한 음향이 천둥 치듯 대청을 울렸다.

일명이 비틀거리면서 뒤로 밀려났다.

핑핑―!

세찬 회오리바람이 일며 대청의 기물들이 퍽퍽 튕겨져 나가 땅바닥에 부딪쳐 부서지고 벽에 부딪쳐 박살이 났다.

쏴, 쏴아악!

가산의 물들이 파도를 일으키며 출렁거리면서 치밀어 올랐다.

"비겁한……."

일명의 얼굴이 분노로 붉게 물들었다.

입에서는 쿨럭거리면서 핏물이 줄줄 흘러내렸다.

퉁퉁…….

한 걸음을 뒤로 버팅길 때마다 바닥이 물먹은 모래사장처럼 주저앉는다. 그렇게 물러나는 와중에 내뱉은 분노의 으르렁거림.

뜻밖의 말을 해놓고 그 순간에 방심의 허를 찌르다니!

금광 한줄기가 무섭게 눈빛에서 치밀어 올랐다.

파르르륵, 승포가 분노로 떨어 울리며 지금까지와는 다른 기세가 일기 시작했다.

그 순간.

"대단한 꼬마 중이로군! 암혼일도(暗魂一到)를 받아내다니……. 좋다. 너를 보내주마. 더 이상 우리 일은 보지도 듣지도 말라. 그러면 명주전은 무사할 것이다."

염우의 말에 변재경의 얼굴이 변했다.

"그게 무슨 소리요? 그건……."

"그렇게 결정한다."

집사 염우는 주인인 변재경의 말을 잘랐다.

변재경은 붉으락푸르락했지만 감히 집사의 말에 토를 달지 못했다.

평소 변재경의 성품으로 보자면 누구도 믿지 못할 일이었다.

"할 말이 더 남았나?"

염우는 일명을 보면서 물었다.

"……."

일명은 잠시 갈등했다.

그러나 그 갈등은 오래가지 않았다.

"경신읍귀 암혼도. 귀신이 놀라고 흐느끼게 만든다는 암혼도. 그 주인인 염우전은 세상에 알려진 것보다 귀계(鬼計)에 능해 암중에 천금을 모았다고 하더군……."

난데없이 들려온 소리.

맑고 낭랑한 가운데 들려온 소리는 대청에 있던 사람들을 모두 놀라게 하기에 족했다.

"누구냐?"

염우, 아니, 암혼도 염우전은 굳은 눈길로 바깥을 보았다.

일명의 경우는 오는 것을 알면서도 그냥 두었었다.

일부러 함정에 몰아넣기 위해서.

그런데 이 음성은 그렇지 않았다.

나타난 것 자체가 뜻밖이었고 있을 수 없는 일이었다.

"누구냐, 라고?"

코웃음.

그리고 한 사람이 대청 밖에 나타났다.

밤임에도 백의를 걸쳤다.

백의경장에 등에는 한 자루 보검. 피풍을 슬쩍 걸친 모습이지만 사람들을 놀라게 한 것은 틀어 올려 길게 묶어 내린 삼단 같은 머리카락이었다.

여자.

그것도 이제 스물이나 되었을까?

눈이 번쩍할 정도의 미인이었다.

비록 면사(面紗)를 쓰고 있어 명백히 드러나지 않지만 그 정도로도 달의 여신이 하범(下凡)한 것처럼 돋보이는 미녀였다.

'누구지?'

하지만 그녀를 본 일명은 암중에 미간을 찡그렸다.

어딘지 눈에 익어 보이는 얼굴인 것 같았기 때문이다.

하지만 그 사람이 여기에 나타날 리가 있을까, 더욱이 저런 모습으로야…….

"상계는 힘이 지배하는 곳이지, 능력이 없는 자는 어차피 무너지고 사라진다. 누가 무슨 일을 하든, 간섭할 까닭은 없다! 하지만 불측한 생각으로 상권을 억지로 개편하려 한다면 두고 볼 수 없는 일. 하물며 그것이 백존회의 행사라면!"

백의려인(白衣麗人:려인—미녀)이 낭랑한 음성으로 말했다.

맑은 음성은 차갑지 않았지만 뜻밖에도 나이답지 않게 위엄이 있었다.

게다가 그녀의 마지막 말은 일명을 놀라게 하기에 족하였다.

"백존회…… 라고!?"

백의려인이 일명을 보았다.

"몰랐던가요? 저 사람이 백존회의 서열 칠십구위에 있는 암혼도인 것을? 뭐, 하기야 이 서열은 이미 오래전이니 지금은 어떻게 될지 모르겠군요. 어쩌면 자리 싸움에서 밀려나 여기에 온 것인지도 모르겠죠."

문득 그녀는 정색을 했다.

"당신의 이 행사는 백존회와 무슨 관련이 있는 건가?"

그녀의 물음에 흠칫한 염우전은 음산히 웃었다.

"건방진…… 내가 왜 그걸 말해야 하나?"

미미한 웃음이 자신감으로 백의려인의 얼굴에 번져 갔다.

"여기가 바로 개봉이니까!"

말과 함께 여기저기에서 싸우는 소리가 격렬히 들려오기 시작했다. 그녀의 옆으로 두 사람의 경장무사가 날아들었다.

"마마, 동문과 서문의 적들은 모두 제압을 했습니다!"

북쪽에서 불길이 치솟았다.

격렬한 싸움 소리가 그곳에서 들려왔다.

마마라니?

그건 무림인들에게 적용될 칭호가 아니었다.

만약 그런 일이 일어난다면 역모로 몰려야 할 일.

해서 검황이니 검제니 하는 칭호를 받는다 할지라도 그런 칭호까지는 쓰지 않는다.

그렇다면?

"너는 누구냐?"

암혼도 염우전은 심각한 빛으로 물었다.

그의 눈은 놀람으로 물들어 있었다.

그뿐 아니라, 일명과 변재경 또한 마찬가지였다.

상대가 황실의 사람이라면 함부로 손을 쓰기가 거북했다.

"내 물음은 아직 끝나지 않았다. 당신은 홀로 온 건가? 아니면 당신의 뒤에, 귀곡신유가 있는 건가?"

암혼도 염우전의 얼굴이 묘하게 일그러졌다.

그냥 찾아온 것이 아니었다.

모든 정황을 이미 정리하고 알고 있다는 의미가 그 질문에 포함되어 있었던 것이다. 귀신도 모르게 일을 처리하고 있었는데, 어디서 문제가 생긴 것이란 말인가.

"자신의 신분을 밝히지 않는다면, 차후 생길 문제는 모두 자신이 져야 하겠지!"

암혼도 염우전이 음침히 중얼거렸다.

순간.

아무도 없었던 대청 바깥 정원.

백의려인이 서 있던 그 자리에 돌연 일곱 명의 그림자가 나타났다.

흙바닥에서, 옆의 수풀에서, 나무 위에서…… 폭발하듯 나타난 그들은 무섭게 백의려인과 그녀의 뒤에 서 있던 무사를 덮쳤다.

"위험해!"

일명이 소리쳤다.

팡팡!

"크윽!"

세찬 울림과 신음 소리가 같이 터져 나왔다.

무사 둘은 분명히 약자가 아니었다.

그러나 새로이 나타난 일곱 명은 놀랍게도 염우전의 암혼도를 사용하고 있었다. 상대를 보고 방비하려는 순간에 암경이 가슴을 치니, 제대로 방어도 하지 못하고 쓰러지고 말았다.

그것도 한두 명이라야 방비를 하지…….

"놀랍군!"

암혼도 염우전이 중얼거렸다.

"암혼칠절은 내가 심혈을 기울여 키워낸 고수인데……."

낮은 그의 중얼거림은 그가 놀랐다는 것을 충분히 알려주고 있었다.

정말 놀랍게도 백의려인은 물러났지만 그 자리에서 불과 한 걸음을 물러나 있을 뿐이었다.

그녀의 손에는 보검 한 자루가 들려 빛을 뿌리고 있었다.

좌우로 피를 흘리며 물러난 자들 셋.

나머지 넷이 사나운 기세로 그녀를 쏘아보고 있는 중이었다.

'이런 자들이 있었다니!'

백의려인은 내심 신음을 흘렸다.

그녀의 무공은 또래에서 손꼽힐 정도로 강했고, 자부심도 높았다.

저들의 기습을 찰나간에 느끼고 전력을 동원, 응수했다. 그럼에도 적을 눕히지 못했음이 그녀를 놀라게 했다.

과연, 백존이었다.

"다시 한 번 묻겠다. 너는 누구냐? 네 신분을 밝힌다면 널 돌려보낼 수 있지만 아니라면 넌 이 자리에서 죽을 것이다."

암혼도 염우전이 음산히 위협했다.

"나는……."

백의려인이 눈을 빛내며 막 입을 열려고 할 때였다.

"으핫하하하……."

갑자기 사방을 떨어 울리는 낭랑한 웃음소리.

그 웃음소리는 분노로 들끓고 있어 겨우 가라앉았던 대청 가산의 연못물을 출렁이게 했을 뿐 아니라, 대청 천장에서 그 떨림을 이기지 못하고 기왓장이 들썩거리다가 흙먼지를 아래로 우수수 떨궈낼 정도로 강력무비했다.

암혼도 염우전조차 안색이 변해 그곳으로 시선을 돌렸다.

거기에 일명이 있었다.

"소림사를 들먹이기에, 한 번쯤 봐줘서 그냥 물러나려고 했었지. 과연 무슨 꿍꿍이속을 지니고 있는지 보고 싶어서……. 하지만 하는 짓을 보니 교활하다 못해 가소로우니 어찌 그냥 둘까? 아미타불…… 부처님께서는 제자가 마졸 한 마리를 때려잡음을 용서하소서!"

말과 함께 일명은 척척척, 힘찬 걸음걸이로 암혼도 염우전에게로 다가서기 시작했다.

"……!"

암혼도 염우전의 안색이 굳어졌다.

달라졌다.

그는 그것을 느낄 수 있었다.

방금까지 일명은 그의 잇단 암격(暗擊)에 심한 충격을 받았다. 그렇기에 언제라도 손을 쓰면 그 목을 날려 버릴 수가 있었다. 그런데 지금은 아니었다.

전혀 다른 사람을 보는 것만 같았다.

눈에서는 금빛 광채가 인다.

승포는 전사(戰士)의 날개처럼 펄럭이니, 전신에서 이는 기세는 마치 대천세계(大千世界)의 천왕(天王)이 현신한 것처럼 느껴졌다.

일명이 마졸이라고 자신을 비하한 걸 트집잡거나 뭐라고 할 여가조차 없었다.

전혀 상상하지 않았던 강력한 암경이 자신의 가슴을 치고 있었기 때문이다.

자신을 향해 강력한 기세를 일으키면서 다가오고 있는 일명.

그를 보고 있는데 난데없이 기척도 없이 가슴을 치는 암경이라니!

쾅!

그는 충격을 이기지 못하고 비틀, 뒤로 한 걸음 물러났다.

하지만 암격은 그것이 끝이 아니었다.

이 타, 삼 타가 계속해서 이어졌다.

쾅! 콰쾅!!

"뭐, 뭐야? 정말 암혼도라니……!"

생각은 미처 말로 나오지도 못하고 경악으로 삼켜졌다.

놀랍게도 일명이 자신을 공격하고 있는 무공은 방금까지 그가 일명을 공격했던 그 암혼도였던 것이다.

게다가 그 위력이라니!

그게 어찌 방금까지 치명적인 충격을 받고 핏물을 게워내던 사람이 할 수 있는 것이란 말인가.

그의 얼굴이 창백하게 일그러졌다.

전력을 기울여 암격을 막아내면서 다섯 걸음이나 물러났다.

그리고는 겨우 반격을 위해 암혼도를 일으켜 쳐내려는 순간이었다.

"받은 걸 돌려주었으니, 이젠 내 차례겠지?"

일명의 외침.

이미 그의 눈앞에 도달한 일명은 대갈일성, 고함치면서 일장을 쏟아냈다.

금빛 광채가 장세를 따라 일었다.

"대력금강장(大力金剛掌)!"

피할 여가도 없이 암혼도를 쳐내 그 장세를 막아내야만 했다.

세상에 알려진 암혼도 염우전의 무공은 암혼도 하나다. 그러나 그 무공은 그가 수련한 암혼유(暗魂遊)라는 신법과 합해질 때 비로소 최고의 위력을 발휘한다.

그런데 상황은 도무지 신법을 발휘할 여유를 주지 않았다.

쾅!

강력한 충격이 팔을 통해, 어깨를 통해 전신을 쳤다.

비틀, 두 걸음이나 물러났다.

핏물이 솟구치지만 여기서 토하면 기혈이 흐트러진다.

적이 공격을 하지 않는다면 기혈을 가다듬을 시간이 있겠지만 상대는 전혀 그럴 놈이 아니었다.

"아미타불, 질긴 마졸이구만!"

일명은 크악! 인상을 쓰고는 다음 공격을 대비하는 염우전을 향해 일지를 찔러냈다.

재차 주먹을 휘둘러 내려다가 다른 손으로 뻗어낸 공격이었다.

"크악!"

자신도 모르게 염우전이 비명을 질렀다.

무서운 지력 한줄기가 그가 펴낸 호신강기를 뚫고 심맥을 떨어 울렸던 것이다.

'이, 일지선!'

정신을 차릴 여가가 없었다.

"마졸 주제에 마존인 척하는 사기꾼을 어찌 그냥 둘까 보냐!"

일명의 고함.

양손을 벌리자 기괴한 소용돌이가 그 앞에서 일었다.

저게 뭔지를 느끼기도 전에 그 소용돌이는 항거 불능의 힘으로 염우전의 가슴을 쳤다.

"우―와아악!"

핏물이 폭포수처럼 염우전의 입에서 뿜어졌다.

쾅!

그의 신형은 허수아비처럼 허공에 떠올랐고, 튕겨진 그 신형은 놀랍게도 대청 벽을 부수고 밖으로 튕겨져 나갔다.

"잡초는 뿌리까지, 아미타불…… 부디 내세에는 착하게 살지어다!"

일명은 여전히 중얼거리면서 그 뒤를 따랐다.

허공을 밟고 날아가는 모습에 승포 자락이 멋지게 펄럭인다.

그가 일으킨 소용돌이는 계속해서 그를 따라 용권풍과 같이 움직이고 있었다.

거기에 휩쓸린 벽은 아예 한쪽이 무너져 휑하니, 뚫려 버렸다.

"어, 어찌 저런……."

한쪽으로 날아가 처박힌 변재경의 얼굴이 사색이 되었다.

벌린 입을 다물지 못했다.

일명의 위세야말로 천장(天將)이 강림한 듯했던 것이다.

그것이야말로 참마팔법 가운데 나한파천마에 이은 절세의 경공인 운등항마군이었으니 무리도 아니었다.

그 무공은 속세에 한 번도 나타난 적이 없었기에.

"교활한 놈이군……."

주위를 돌아보던 일명은 천천히 기세를 거두었다.

튕겨져 나온 염우전을 따라 나왔는데, 그 찰나적인 순간에 놈은 혼비백산, 담을 넘고 나무 그늘을 따라 도주해 버리고 말았다.

쫓으려면 못 쫓을 것도 없었다.

하지만 처음부터 그건 그의 관심 밖이었다.

천천히 시선을 돌린 그의 눈앞에 있는 것은 보검을 든 백의려인.

"아미타불…… 괜찮으십니까?"

일명이 그녀에게 한 손을 세워 보였다.

"고마워요. 덕분에 위기를 넘겼군요. 그자에게 그런 한 수가 남아 있을 줄은……."

그녀의 면사는 방금 전의 위급함을 말하듯 반쯤 찢겨져 있었고, 얼굴도 반쯤은 드러나 있었다.

그 얼굴은 역시 눈에 익었다.

세월이 지났음에도.

"역시 마마이셨군요."

일명은 그녀의 얼굴을 보면서 입을 열었다.

"……?"

의아한 얼굴로 그녀가 일명을 보았다.

동그란 눈.

세월이 지나 어린 계집아이에서 성숙한 여인으로 변한 그 모습은, 다른 사람이 아닌, 바로 운혜군주 주지약.

일명이 꿈에도 잊지 못하던 지약이었다.

일명이 갑자기 미친 듯 돌변한 것은 그녀를 알아보았기 때문.

『소림사』 5권으로 계속…

FANTASTIC
ORIENTAL
HEROES

청 어 람 신 무 협 판 타 지 소 설

토탈 조회수 200만의 새로운 신화 창조!
최고의 신무협 작가 『한성수』의 최신작!

태극검해(太極劍解) / 한성수 지음

"반보붕권이 천하를 위진하리라!"

『태극검해』
(太極劍解)

장르 사이트 전체 조회수 1위! 토탈 조회수 200만! 편당 조회수 2만!

진자운!
누가 그를 무당의 제자라 할 것인가?
누가 그를 무당의 제자가 아니라 할 것인가?

반보무적(半步無敵) 일보단천(一步斷天)!
정마(正魔)의 경계를 뛰어넘은
진자운의 무림을 향한 일보가 시작되었다!

반보에 천하가 떨고 일보에 천하가 무릎 꿇는다!
괄시받던 무당파 속가제자 진가운의 신화 창조의 비밀을 파헤쳐라!

유행이 아닌 자유추구 -
WWW.chungeoram.com